ラグナロク

RAGNARØK

オーディンの遺産Ⅲ

ODIN'S LEGACY Ⅲ

村田　栞

装画・鈴木康士

CHARACTERS
亮
［Thor］
日本の高校生。
トール神の
転生体。
ヴァル
［Vall］
考古学・
文化人類学の博士。
ヴァルキュリアの
転生体。

フレイ
[Frey]
英国貴族の青年。
フレイ神の
転生体。
アリ
[Ali]
フレイが
養育している
少年。
イース
[is]
トール神の神器を
守っていた
妖精。

ラグナロク　オーディンの遺産Ⅲ　目次

序章　P.8
一章　P.9
二章　P.38
三章　P.74
四章　P.116

五章　P.136
六章　P.165
七章　P.180
終章　P.215
あとがき　P.223

イラストレーション／鈴木 康士

ラグナロク

オーディンの遺産Ⅲ

序章

太陽と月が飲み込まれ、怪物は人の命をとり、神々の座を赤き血潮で染める。

夏の光は暗く、嵐が吹きすさぶ。

虹の橋の番人ヘイムダルは角笛を鳴らし、オーディンはミーミルの頭と語る。

巨人の国ヨトゥンヘイムはどよめき、神々は急ぎアースガルズに集まり、小びとらはため息をつく。

霜の巨人は盾をかざして東より駆けつけ、ヨルムンガンドは激怒にのたうち高波を起こす。

鷲《わし》は叫びを発して、青白きくちばしで屍《しかばね》を引き裂き、炎の巨人の船は岸を離れる。

その舵《かじ》をとるは誰ぞ。

戦の勝敗は、神であり巨人であり、男でも女でもある者が、どちらに味方するかで決まる。

その名は、閉じる者、終える者――すなわちロキ。

一章

微《かす》かな星明かりが、雪に覆われた森を照らしていた。凍りついた木々が、青い闇にほの白く浮かび上がっている。

木々の間に、鋭い稜線《りょうせん》が青黒い影となって見えていた。ノルウェー、ヨトゥンヘイム山地の南麓である。その山裾の森の中を、六つの人影が、雪を蹴散らして歩いていた。

周囲には人家もなく、深夜のことゆえ、それらの人影を見る者もいないが、もしも目撃者がいれば、彼らの巨大さに驚愕《きょうがく》したであろう。

彼らの身長は五メートル前後、胸は岩のごとく硬く厚く、肩や腕の筋肉がこぶのように盛り上がっている。その上、極寒の山中だというのに、腰に布を巻きつけているだけで、風雪に肌をさらしているのである。眉は白く凍り、睫《まつげ》からは小さなつららが垂れ下がっている。にもかかわらず、靴も履かずに、裸足《はだし》で雪を踏んでいる。

巨躯《きょく》を包む衣類を仕立てる手間を厭《いと》ったのは、凍えを知らない強靱《きょうじん》な肉体を持っていたからかもしれない。その証拠に、雪道は緩い上り坂だったが、息を荒らげる者もない。

彼らは、それぞれ斧《おの》や槍《やり》、棘《とげ》が植え込まれた金棒などを提《さ》げていた。それらの武器を手に、巨人たちは黙然として、森の奥へと急ぎ行進を続ける。

巨人たちが、基地の警備室のモニターに映ったのは、それから数時間後のことだった。その時、警備室には二名の係員が詰めていたが、常夜灯のみが照らすほの暗い廊下に、忽然《こつぜん》と現れた巨人たちに、係の者は目を疑った。

このヨトゥンヘイム山地の中腹を穿《うが》って造られた基地は、もとは巨人たちによって建設されたもので、一度は炎に焼かれて数カ所が崩落したものの、世界有数の企業グループであるビスコップの技術を駆使し、補修を行った上で鉄壁の警備システムを導入していたからである。いかに巨人が凄まじい膂力《りょりょく》を有していたとしても、侵入は不可能なはずだった。

「いったいどこから――」

青ざめ、限界まで見開いた目をモニターに据え、それでも警備係の者たちは緊急事態を告げるボタンを押すことを忘れなかった。侵入経路は不明でも、巨人たちの目的は明らかだ。

基地内に設けられた猛獣用の檻《おり》には、二十八名の巨人と、五十三頭のフェンリルと呼ばれる巨大オオカミが監禁されている。侵入者は、それら囚《とら》われの巨人とフェンリルを逃がすためにやってきたに違いない。

「侵入者発見！　数は六名。南東エリアへ向かっている！」

係員の一人が、基地に常駐している対巨人戦闘部隊に知らせるべく、マイクに向かって叫んだ。

もう一人の係員は、監視カメラの映像と音声に集中する。何台も並んだモニターの一つには、六名の巨人が、檻が設置されている南東エリアに駆け込む様子が映っていた。

――グングニルが見つかった。計画続行だ。

巨人の一人がそう言いながら、手にした斧を振り上げた。檻を破ろうとし、ふと振り返って監視カメラにその斧を投げる。モニターが暗転した。

（グングニルだと――？）

係員は一瞬、言葉を失った。

グングニルとは、北欧神話の主神オーディンが所有していた槍で、対巨人情報部の調査研究によると、その破壊力は、雷神トールのハンマーにも劣らない最終兵器だったからである。

❊❊❊

「僕は、巨人は実在したと思う。文化的な交流がなかった地域に、巨人伝説があるし、何と言ってもマゼランの艦隊が身長五メートルぐらいの人間を目撃していることが動かぬ証拠だ」

ニューヨークのＣ大学、ヴァル・エリクソンの研究室では、テーブルいっぱいに広げられた文献を囲み、巨人が実在するか否《いな》かについて、学生たちが議論していた。

「ああ、パタゴニアの先住民、パタゴンね。でも、結局、あれは平均身長が二メートル前後の、長身の種族だったんでしょ？　生物学的に五メートルの人間なんて、あり得ないわよ。巨人は架空の生物。ドクター・エリクソン、そうでしょう？」

女子学生から同意を求められ、ヴァルは「さて……」と、曖昧に微笑《ほほえ》んだ。

（巨人は実在しますよ。五メートルの身長を二メートルに縮めることができるんです）

と、声に出さずに答えたのは、要《い》らぬ混乱を避けるためだ。

ヴァルには、物心ついた時には、巨人が巨人として生きていた時代の記憶があった。その記憶では、自分はエリーと呼ばれ、ヴァルキュリアという負傷兵を治療したり戦死者を祀《まつ》ったりする医師兼聖職者のような女神だった。

現在のヴァルは男だが、白銀の髪、緑の虹彩《こうさい》、そして線の細い女性的な面立ちは、エリーだった時と変わらない。文化人類学と考古学の研究者になったのはエリーの記憶を検証するためだった。今、このC大学で教鞭《きょうべん》を執《と》っているのも、その延長である。

エリーの記憶と、ヴァルの知識を総合すると、巨人が地上を闊歩《かっぽ》していたのは、一万年以上も過去のことだと思われる。当時、ユーラシア大陸北西部に、非常に進んだ文明があった。しかし、人間と巨人とは相容《あいい》れず、折しも最終氷期が終わりにさしかかっていたことで、結局、戦争と天変地異とで文明は滅びた。

その文明の終焉《しゅうえん》は、北欧神話におけるラグナロクとして現代に伝えられている。

——歴史はまた繰り返すと巫女《みこ》は予言した。遠い未来に、巨人族と人間との間で戦が起こると。

太古、オーディンはそう言って、雷神トールと豊穣神フレイ、そしてエリーに転生の呪術をかけた。

エリーのその記憶が、事実であると判明したのは、今年の五月である。流星雨と隕石雨が同時に降るという極めて希《まれ》な天体現象が起こり、それが契機となって、トールとフレイ、さらに妖精の生き残りであるイースとの邂逅《かいこう》を果たしたのである。トールは日本の高校生武神亮《たけがみとおる》に、豊穣神フレイは世界で事業を展開するビスコップ家の次男フレイ・ロバート・ビスコップに生まれ変わっていた。さらに、神話では、巨人は洪水によって滅んだことになっているが、実際には生き残っていたこともわかった。

巨人族と人間との間で戦が起こる予兆として、星が落ちるという予言が、巨人族の間にも伝えられていたのか、一万年の長きにわたり、ひっそりと暮らしていた巨人族が、にわかに行動を開始した。

巨人の目的は、人間社会を滅ぼし、地上の覇権を握ることである。

五月には、日本の警察官をしていた巨人の川本《かわもと》が、大地震と津波を起こすために、海底に眠る生物兵器ヨルムンガンドを目覚めさせようと企てた。六月には、巨人が建設した軍事施設から、特殊油脂燃焼剤を搭載したロケット弾を発射させようとした。その際には、神代の遺物であるレーヴァテイン——炎の巨人スルトの剣が、五十平方キロメートルに渡り、森林を焼いた。

しかし、その事実を公にすれば、パニックが起きる。ヴァルが学生たちの議論に加わらなかったのは、それが理由だ。

「巨人がいるっていう確かな証拠がないとねえ」

学生たちの会話は続く。

「証拠はあるさ。巨人のものと思われる骨とか、アメリカでもけっこう発見されてるんだ。けど、みんな某財団の息のかかった博物館に没収されたって噂《うわさ》だよ」

「サンドフェラー財団だろ。聞いたことある」

いいところを突いていると、ヴァルは心の中で苦い笑みを浮かべる。現代の巨人たちが、人間に紛れて暮らしていられたのは、世界を影で操るサンドフェラー財団の幹部ピートが、巨人だったからだ。

その彼は、フレイの刃に倒れた。私が死んでも、巨人の革命は終わらない――と言い残して。

ピートの死によって、巨人族は司令官と同時に資金源を失った。これで諦めてくれることをヴァルは願っていたが、巨人の組織の頂点は、ピートではなく王だという。

(もう一波乱あるのでしょうか)

神々の黄昏《ラグナロク》――神々は死に絶え、わずかに生き残った人間が地上を引き継ぐものの、神が統治していた世が蘇《よみがえ》るわけではない。神話に色濃く残る諦観。

――豊かさを奪い合うのではなく、与え合って、幸福を得られるように。

オーディンの声が、耳に蘇る。彼は、巨人との溝を埋められず、戦争を回避できなかったことを悔いていた。

不安が募るばかりで、ラグナロクを繰り返さないために語部《かたりべ》として転生した自分に何ができるのか、ヴァルには未《いま》だに答えが見つからなかった。

❋❋❋

「おおっ！　武神亮！　二十七分三十一秒！」

亮がゴールラインを走り抜けると、監督はストップウォッチを凝視したまま、歓喜の声を上げた。

「どーも」

背をかがめて両膝に手を突き、亮は荒い息を調える。

高校は冬休みに入ったが、部活は当然のことながら毎日あり、長距離選手の亮は、例によって朝からトレーニングに励んでいた。オールウェザー舗装がされたトラックではなく、高校の運動場を走って一万メートルを二十七分代で走れれば、まあまあだ。

「トール様は、もっともっと、ずーっと、走るの速かったわよ」

妖精姿のイースが、肩に舞い降り、耳元で囁《ささや》いた。

「そりゃあ、トールの神力を高めるベルトを着《つ》ければ、俺だって一万を十五分ぐらいで走れるさ。けど、そんなズルしたくないもの」

亮は顔を上げ、顎から滴る汗を手の甲でぬぐう。

「武神くん、また一人でぶつぶつ言ってる」

またしても、女子に白い目で見られてしまった。

「……お前のせいだぞ」

声をひそめて、肩に留まったイースを睨《にら》むと、「あたしのせいにしないで」と、彼女はつんと横を向いた。

本人は気づいていないが、実は、亮は女子たちの注目の的だった。イースとの会話を独り言と勘違いされるのも、常に見られているからである。彫りの深いヨーロッパ系の容貌、背が高く、足も長くて、走るのも速い——というのがその理由だが、亮には、その自覚がない。自分のことを赤毛で濃い顔の軟弱体育会系馬鹿だと思っている。

イースは、亮がなかなかの人気者であることを知っていたが、言ってやるつもりはなかった。

亮が女子にデレデレする姿なんて見たくない。女子たちには「武神くんて、変な人」と思わせておきたい。だから、学校にもついてきて、亮が女子に近づかないようにしているのである。

「この調子なら高校新も夢じゃないぞ。よし、今日はもう上がれ」

興奮が冷めやらない様子でそう言う監督は満面の笑みだが、亮は笑えなかった。「高校新」の言葉に引っかかったからだ。

(公式試合に出場できればいいけどさ、ってか、巨人との戦争が起きて、試合そのものが開催されないかも)

亮はベンチに戻り、スポーツバッグからタオルを出した。バッグの底に入れた金属製のベルトとグローブが、否応《いやおう》なしに目に入る。どちらも神代にトールが使っていた物で、ハンマーを投げる際の必需品である。

(このまま平和が続いてくれたらいい。部活をがんばる普通の高校生でいたい)

六月のノルウェーの事件以来、巨人たちはなりをひそめているが、このまま戦いが終息するとは思えなかった。いつまた巨人が仕掛けてくるかわからない。

巨人との戦いが怖いわけではない。恐ろしいのは、ハンマーを持った時の自分自身だ。戦場を駆け巡っていた時の、トールの記憶が蘇り、ひどく残忍な気分になる。

(誰も殺したくない。たとえ敵であっても……。戦争はしたくない)

トールは仲間を殺され、巨人族に対する憎しみを募らせた。戦いが憎しみを生んだのだ。だから、やられたらやり返すという復讐のループをどこかで断ち切りたかった。

巨人との共存が、亮の願いだった。人間にも巨人にも、善人もいれば悪人もいる。それを種族というくくりで、互いに忌《い》み嫌ってはならないと、亮は思う。

（みんな仲良くって無理なのかな）

亮は、バッグの中のベルトとグローブに目を落としたまま、日本人らしからぬ赤い髪を掻き上げた。

「何をぼんやりしてるの？」

イースが、バッグの縁《ふち》に留まって亮を見上げる。

「いや別に。次の公式試合はいつだったかなーと」

亮は無理に笑顔を作った。努めて、イースとは巨人の話をしないようにしている。過去のラグナロクで、彼女が心にひどい傷を負ったからだ。無理に思い出させることもない。

（妖精だって異種族だものな。今の人間がイースの存在を知ったら、どうなることか）

種族の違いは高い壁だ。乗り越えるのは難しい。それはトールが経験済みである。

（でも――）と、トールの記憶と亮の価値観の間で、思考が行ったり来たりし、亮は小さなため息をついた。

❊❊❊

「ええ。現経営陣の継続及び事業と雇用の維持をお約束しましょう。その上で三〇〇〇億台湾《タイワン》ドルを支援するつもりでおります」

オフホワイトのスーツに身を包み、白い革張りのソファにゆったりと腰掛けたフレイ・ロバート・ビスコップは、流ちょうな中国語でそう言って、優雅に微笑んだ。

香港《ホンコン》に建つ超高層ビルの一棟、アジア・パシフィック・ビスコップ・ビル内のフレイのオフィスである。

正面に座る初老の三名は、台湾でも老舗《しにせ》の家電メーカーの取締役だが、フレイの買収の申し出を聞いているのかいないのか、口を半ば開き、驚きと困惑と賞賛が混じったような眼差《まなざ》しをフレイに注《そそ》ぐ。

輝くゴールデンブロンドの髪、滑らかな白い肌、眦《まなじり》の切れ上がった理知的な目。虹彩は吸い込まれそうな海の色。細い鼻筋も引き締まった薄い唇も、形がよいのはもちろんのこと、その配置が完璧だった。単に美しいだけでなく、まとう雰囲気には気品と風格が備わっている。

世界に事業を展開するビスコップ・グループの総帥であり、イギリスでも屈指の大貴族であるサウスリーズ公が、弱冠十九歳の次男に、アジア地域を統括させたというニュースが経済新聞を賑《にぎ》わしたのは、今年の五月だ。

家電メーカーの取締役たちは、吸収合併の話が持ち上がった時、「青二才が――」と、鼻で笑い、他社と天秤にかけるつもりで香港まで赴いた。そして彼らは、まずフレイの美貌に驚き、次に並々ならぬ手腕を思い知り、この若いCEOに対する認識をあらためたのだった。

「いかがですか？　御社の不利益にはならないと思いますが」

穏やかな美声に耳を打たれ、男性たちは、居住まいを正した。

「も、もちろん――弊社に異存はございません」

中央の男性が深くうなずく。もちろん、アジア・パシフィック・ビスコップが出した条件に、非の打ち所がなかったこともあるが、フレイの海色の瞳に見つめられて、逆らえる者は少ないのである。家電メーカーの取締役たちが退出すると、「若君、老獪《ろうかい》な狸《たぬき》相手に、お見事でございます」と、秘書兼護衛のジョン・スミスが相好を崩す。

「そうでもない。予想以上に手間がかかった」

フレイは言いながら、今、交わしたばかりの契約書をジョン・スミスに渡す。

「若君が、お若いせいでございましょう。あと数年もすれば、若君のお名前はアジアにも響き渡り、年齢で判断されることもなくなると存じますよ」

「あと数年か――」

数年後も、この世界は存在しているのだろうか――と、フレイの胸に不安がよぎる。

フレイ神としての記憶を取り戻して以来、炎に巻かれて死ぬ悪夢は見なくなったが、かえって世界が滅んだあの日の光景が、鮮明に脳裏に焼きつき、片時も離れなくなった。

巨人の組織のコマンダー、ピートの死に際の様子も気にかかっていた。彼は何かに気づき、巨人族の勝機を予見したらしい。油断はできない。

ピートの死は、巨人の組織にそれなりのダメージを与えたはずだが、あれから半年が過ぎている。

ノルウェーで捕らえた巨人たちを尋問したところ、コマンダーを任命するのは巨人の王だという。

王が、新たなコマンダーを人間社会に送り込み、攻撃準備を行っている可能性は十分にある。

それを踏まえ、フレイはＣＥＯとしての仕事と同時進行で、対巨人情報部に巨人たちを捜させ、不死身の巨人を倒せる武器開発も行った。そして、ある程度の成果を得ている。

（絶対に、繰り返さない）

この人間社会を守るために最善を尽くす。手段は厭わない。もちろん巨人との共存への期待は捨てていないが、人間を害する巨人に対しては、容赦なく剣を振るう。

その結果、巨人族を滅ぼすことになるとしても――。

「若君、本日は十一時三十分から立法会議員の皆様と昼食会の予定でございます。そろそろお支度を」

と、ジョン・スミスに言われ、フレイは壁にかけられた時計に目を走らせた。十一時ちょうどだ。

その時、デスク上の電話機が、赤いランプを点滅させながら、鳴り響いた。同時に、常に耳に着けているイヤホンから着信音が聞こえ、イヤホンと連動している腕時計型のウェアラブル・コンピューターも赤く光る。

対巨人情報部が、緊急事態発生を告げているのである。

フレイが腕時計のディスプレイに触れて音声通話を開始すると、情報部チーフの切羽詰まった声が耳に飛び込んできた。

『ただ今、ノルウェーに駐留している対巨人戦闘部隊から報告があり、基地が急襲され、監禁していた二十八名の巨人、及び、五十三頭のフェンリルが脱走したとのことです！』

❊❊❊

「巨人とフェンリルが脱走⁉」

亮がその報せ《しら》をフレイから受け取ったのは、部活からの帰宅途中だった。

「あの基地の警備は鉄壁なんじゃなかったのか？」

言いながら、亮は急いで自宅の玄関の鍵を開ける。父母は会社だし、冬休みに入った弟妹《ていまい》は祖父母の家に預けられ、自宅には誰もいない。

『地下から侵入されたのだ。捜索にあたった戦闘部隊によると、六月に崩落して半ば埋まった地下室に、直径五メートルの穴が開いていたという。その穴を辿《たど》ってみたところ、基地の北東、約十六キロの森に出たそうだ』

スマホから聞こえるフレイの声は、こんな時でも淡々としていた。

「五メートルって巨人の身長だよな。つまり、巨人たちが十六キロも穴掘りして、仲間を助けに行ったってこと？」

二階へ駆け上がると自室へ飛び込み、亮は、手早くスポーツバッグに着替えを詰め込む。

『そうだ。基地の周辺八キロ圏内には監視カメラを設置しておいたのだが、その森は警戒の対象外だった。その上、自家発電装置も予備の発電機も破壊され、警備システムが作動しなかったらしい。基地内には戦闘員が常駐していたが、監視カメラをモニターしていた警備係員が二名とも殺害されたため、戦闘員たちに適切な情報が入らず、脱走を阻止できなかった』

「巨人に殺された……」

亮は、旅行支度の手を止めた。妖精の姿でスマホの側を飛んでいたイースが、怒りに満ちた表情で拳《こぶし》を握る。

『首をねじ切られていたそうだ』

そこで初めて、亮はフレイの口調がやけに落ち着いている理由に思い当たった。彼は、怒りも悲しみもすべて押し殺す。腹を立てれば立てるほど、逆に冷静になっていくのだ。

「で、巨人とフェンリルはどこへ向かったんだ?」

世界は広い。地球の裏側で巨人が暴れ始めたら、亮たちが現地に到着するまでに、大勢の人間の命が奪われてしまう。

『監視カメラの記録媒体の破損がひどく、音声も動画も再生不可能で、どんな会話がされたのか、どちらへ向かったのかわからない。今、足跡を頼りに、対巨人戦闘部隊と対巨人情報部が巨人を追っているが、雪が降り始めたとのことだから発見は難しいだろう』

「そっか。向こうはようやく日が昇った頃だものな」

亮は、どこまでも山と森が続くノルウェーの景色を思い出す。人口が少ないため、日本のようにあちこちに街があるわけでもないし、そこら中に街頭防犯カメラが設置されているわけでもないのだ。

『脱走した巨人たちが国外へ脱出する可能性は高い。取りあえず、ロンドンへ集まろう』

ロンドンは、ビスコップ・グループの本拠地なので、プライベート・ジェットやヘリの手配が容易だという。

「了解」

パスポートと財布をポケットにねじこみ、ベルトとグローブを着けると、バッグを手に、亮は階下へ下りる。玄関を出て戸締まりをしている間に、迎えの車がやってきた。亮の家の近所には、対巨人戦闘部隊の準隊員が亮の家族の護衛を兼ねて常に待機しているのである。

静岡空港から、ビスコップのプライベート・ジェットでロンドンシティー空港へ向かう。その間に、父母には、フレイに旅行に誘われたとメールを打っておいた。

「巨人とフェンリルに、発信器つきのブレスレットをはめたり、チップを体に埋めたりできたらよかったのですが」

同行の準隊員が無念そうに言った。

凄まじい膂力を持つ巨人は、発信器など簡単につぶしてしまう。また、巨人もフェンリルも、銃で撃たれても、瞬く間に弾を対外へ押し出す。当然、チップを体に埋めても同じことが起きる。

「それにしても、この半年、巨人に目立った動きはなかったのに、何でこんな時季に脱走したんでしょうね」

彼は、クリスマスムード一色の町並みを眺めてつぶやいた。

ロンドンのビスコップ・ビル内にあるフレイのオフィスは、壁面が総ガラス張りで、テムズ川を挟んでビッグベンやウエストミンスター寺院の尖塔《せんとう》が見えた。

オフィスには、すでにフレイとヴァルが到着していた。トールとイースの入室に気づき、「亮！久しぶり！」と、フレイが養育している少年――アリが駆けてきて、亮にハグする。

「アリも来てたのか。元気だったか？」

亮はアリの頭を撫でた。アリは自称十五歳だが、小柄で声変わりもしていないので、つい子ども扱いしてしまう。ブラジルの貧民街で生まれ、育ての親である日系人の曾祖父と死に別れたという身の上を、不憫《ふびん》に思っているせいもある。

「ヴァルもフレイも、元気そうでよかった。会えて嬉しい――って言いにくいけど」

「まったくですね」

今は、遙《はる》かな過去で親友だった彼らとの再会を単純に喜べない。フレイに勧められるまま、亮はソファに腰掛け、人間に変身したイースがその隣に座る。

「早速だが、まず、ノルウェーの基地から脱走した巨人について――」

フレイが、デスクの操作盤に触れた。広いオフィスの壁面の一部が左右に開き、巨大ディスプレイが現れる。

「ノルウェーの空港や港湾から出立した航空機や船を、すべてチェックさせたが、巨人は見つからなかった。防犯カメラの映像を、顔認識システムにかけたのだが、ヒットしない。変装しているか、あるいは夜中に漁船にでも乗って国外へ出たか。いずれにしろ、ビスコップの力が及ばない誰かが動いているのだろう」

「新しいコマンダーか……」

前任者のピートをフレイが倒してから、たった半年で巨人族は組織を立て直してしまったのである。こうしている間にも、彼らは人間を滅ぼすために、着々と作戦を進行しているに違いない。

「新しいコマンダーとして、何名かリストアップしてある」

ディスプレイに、複数の人物の映像が映し出された。みな投資家や銀行家のアドバイザー的存在で、表舞台には立たないが、政財界に影響力を持ち、私生活がはっきりとせず、かつ、巨人の組織の資金を捻出できる立場にある者たちとのことだ。

「この中に巨人の王が含まれている可能性もある。なお、基地に収監していた巨人たちを尋問したところ、巨人の王はベルゲルミルと名乗っているらしい」

「ベルゲルミルって、確か——」

亮は、トールの記憶をたぐり寄せる。神代において、すべての巨人は、ベルゲルミルの子孫だと言い伝えられていた。

「北欧神話では、ベルゲルミルは、原初の巨人ユミルの孫ということになっていますよ」

そう言ったのはヴァルである。ユミルは、熱と寒気とが交わったところで生まれ、ユミルから多くの巨人が生まれた。後に、オーディンが兄弟とともに、ユミルを殺し、その体から世界ができたというのが北欧神話における創世の物語だという。

「神話では、殺されたユミルから大量の血が流れ、ほとんどの巨人が溺《おぼ》れ死んだのですが、唯一、ベルゲルミルだけが生き残ったということになっています」

「何とも象徴的な名だと思わないか？　神話のベルゲルミルにしてみれば、オーディンは祖父の仇《かたき》であり、すべての巨人の仇でもある。神話のもととなるような事件が実際にあったのかどうかわからないが、現代の巨人の王がそれを名乗るのは、決して人間を許さないという決意の表れなのだろうな」

口調に苦いものを滲《にじ》ませながら、フレイはコマンダー候補の映像を消した。

「ノルウェーの巨人たちは、ベルゲルミルの人間社会における氏名や役職については、何も知らされていなかった。王の正体は、コマンダーだけが知っているらしい。ともかく、脱走した巨人を追いかけるよりも、コマンダー候補を探る方が早い」

フレイは、ジョン・スミスに目配せし、プラスチック製の箱を持ってこさせた。大きさはカードケース程度である。

「皮膚や毛髪から、巨人か人間かを特定する鑑定キットだ。昨日、開発チームから届いた」

「巨人鑑定キット⁉」

箱を開けると、中には極小の蓋つきプラスチック試験管が十二本入っていた。中には透明な液体が入っている。

「この試薬に、毛髪や爪、皮膚などを入れると、巨人の物であれば、試薬が赤く変わると開発者は言っていた。巨人の細胞に含まれるタンパク質に反応する試薬で、唾液や汗、涙には――」

そこでフレイは言葉を止めた。その理由は、亮にもすぐにわかった。小さな震動を感じたからだ。

「地震？」

言ってる間に、小刻みな縦揺れが、緩やかな横揺れに変わった。揺れは間もなく収まったが、フレイもヴァルも、まだ呆然としていた。

「どうしたんだ？　今の、震度二ぐらいだろ。そんな大した規模じゃ――」

言いかけて、亮は以前、ロンドンでは滅多に地震が起きないとフレイが言っていたことを思い出す。

「ブリテン島は、ユーラシア・プレートの内側にあるので地震が起きにくいんです。だから、古い石造りの建物が多く残っているわけですが」

と、ヴァルが言っている間に、また揺れ始めた。

「おかしい」

フレイがディスプレイにイギリスの地図を映し出す。そこに、赤い点が記され、英語で震源地や地震の規模が示された。

「一度目の震源地はロンドンの東、マーゲイト沖十キロの海底ですね。二度目はシェピー島東の海底。マグニチュードはどちらも五。本震と余震という関係にしては震源の距離が離れていますし、同じ規模というのが解せません。P派の割にS派が小さいことや、震源がごく浅いのも気になります」

ディスプレイを見ながらヴァルが言った。

その地図の、フェリックストウ――イギリス東海岸の街にも赤い点が記される。ロンドンには震動が伝わってこないが、そこでもまた地震が起きたらしい。

「どういうことだ?」

訝《いぶか》っている間に、今度は津波の発生を示すマークが点《つ》いた。波高は五十センチ程度だが――。

フレイがディスプレイを分割して、テレビのニュースを映し出した。

『――地震波の波形は核実験によるものとよく似ているとのことですが、どこの国でも実験は行っておらず――新しい情報です。ただいま、オランダ、ハルリンゲン沖でもマグニチュード五の地震が発生いたしました』

動揺した様子で、女性アナウンサーが原稿を読み上げる。

「これ――自然の地震じゃない」

恐ろしい想像が亮の頭の中を駆け巡る。

「そうだな。ノルウェーの基地にあった武器は回収保管したが、オフィサーによると巨人族は、これまでにも神代の武器を収集し、世界各地の基地に配備していたそうだ。それらの武器を使って巨人が人工地震や人工津波を起こした可能性がある」

オフィサーとはノルウェーの基地にいた巨人の部隊長である。フレイがピートを倒し、ノルウェーの基地を制圧すると、他地域の巨人たちは、神代の武器を持って逃げたのである。

巨人がどんな武器を収集していたか不明だが、神代には、現代の技術を凌駕《りょうが》する兵器が存在していたことは、トールの記憶にもある。

『たった今、スウェーデンの南部ウッデバラでマグニチュード五の地震が発生し、この影響により、内陸部で氷層崩壊による氷河湖決壊洪水が発生したとのことです。詳しい情報は、入り次第――』

「なんてことだ。もしも巨人の仕業なら、急いで止めないと、このままじゃ……」

今のところ、マグニチュード五以上の地震は起きていないが、ヨーロッパは地震に弱い。繰り返し地震が起きれば建物が倒壊する危険もある。

「だが、この程度の情報では、巨人の現在地も、どんな武器を使っているのかもわからない。破壊力のある武器を巨人が秘蔵し、一気に世界を滅ぼそうと企てているかもしれないし、現存する二千の巨人が、世界各地に分散し、同時に破壊活動を始める可能性もある。しかし、こちらで戦えるのは、私たち四人と対巨人戦闘部隊だけだ。無計画な行動はできない」

「じゃ、どうすれば……」

「兵力が足りないなら、いっそのこと、各国の王様や首相や大統領に巨人の存在を知らせて、軍隊を貸してもらえば？」

そう言ったのはイースである。

「傷の治りが間に合わないぐらい粉々にしちゃえば、巨人は死ぬわ。今の人間の軍隊だって、それぐらいの兵器は持ってるでしょ？　フレイの会社で、巨人を倒す武器を開発してるなら、それを支給すればいいし」

「そんなのだめだ。巨人の存在を公表したら、大パニックが起こる」

「巨人に滅ぼされるよりましでしょ」

「殺し合って勝敗を決めても何の解決にもならない。生き残った方が、また自分たちの国を作るとか言い出して、また遠い未来に同じことが起こる。やられたからって、やり返していたら、いつまで経《た》っても争いは終わらない」

「だから、根絶やしにしてしまえばいいのよ」

「イース……」

彼女の赤紫色の目に、怒りの炎が点《とも》るのを見て、亮はやるせない気分になる。最近は、互いにこの話題を避けていたが、一緒に暮らし始めた頃は、頻繁に繰り返した言い争い――。

亮は復讐のループを断ち切るためにも、人間に友好的な巨人たちのためにも、巨人族との共存を望んでいた。けれど、イースは、仲間を滅ぼされた恨みを、どうしても消せないのだ。

「気持ちはわかる。でも、全部の巨人が、残忍なわけじゃない。六月の事件でアリを助けてくれたコリン、憶《おぼ》えているだろ？　巨人の中には人間として、この世界で暮らしたがっているやつもいるんだ。何の罪も犯してない巨人も、何も知らない幼《おさな》い子どももいる。それをみんな一からげにして、皆殺しになんてできない。人間にだって、ひどいやつはいる。お互い様なんだよ。そこは折り合わなきゃ」

「種族の存亡がかかってるのよ、亮！　一人か二人、人間に優しい巨人がいるからって、甘いこと言ってたら、あんた、真っ先に殺されるわよ！　あんたが死んだら、誰が人間を守るの！　少しは自分の立場を考えたらどう⁉」

目をつり上げて言い募るイースの様子を見て、アリがソファの端に寄り、膝を抱いて縮こまる。

「ひどい人間がいるのも知ってるわ！　あたしは一万年も人間の世界を見てきたのよ！　だから、わかるの！　ほとんどの人間は巨人を受け入れない！　あんたが巨人と共存したいなんて言えば、あんたは人間も敵に回すことになるわ！」

「それもわかってる！」

思わず声が高くなった。

「巨人にとって人間は虫か小動物ぐらいにしか見えない！　人間には巨人が怪物にしか見えない！　怪物に味方する俺は、人間の敵だと思われるだろう。だからって、理解し合う努力を止めたくない！」

イースに向かって声を荒らげたのは、初めてかもしれない。亮を見つめる赤紫の瞳が揺れる。

「あたしは……仲間の仇を討ちたいだけじゃない……あんたのことが……」

「怒鳴って悪かった」

亮は、紅潮したイースの頬に触れた。心配してくれる彼女の気持ちには感謝している。

「理想論だってことはわかってる。トールだった時、俺は国のために、人間のために戦った。それが間違いだったとも思っていない。けれど――」

仲間が死んでいくのを見るのは辛《つら》かった。怒りや悲しみを憎しみに変えて、巨人を殺す度に残虐な愉悦に浸る自分が嫌だった。そんな思いを繰り返したくなかったし、人間の兵にも味わわせたくない。

しかし亮はそれを口にしなかった。弱音を吐けば、彼女はますます不安に思うだろう。

それ以上の言葉を継げず、亮もイースも押し黙る。

微妙な沈黙を破ったのは、フレイだった。

「イースの言う通りだ、亮。人口が二千足らずの巨人は、このままでは種として滅ぶことを知っている。何としても、この世界から人間を一掃しようとするだろう。戦いは避けられない。だが――」

と、フレイはイースに向き直った。

「亮が言うように、この戦いに、国の軍隊を巻き込むこともできない。人心の混乱を招き、無駄な血が流れるだけだ」

「何で？　みんなで力を合わせて巨人に立ち向かえばいいじゃない」

イースの提案に、「世界が広すぎる」と、フレイは頭を振る。

「神代、世界に対する私たちの概念は、現代よりも遙かに狭かった。人間たちは人類共通の敵として巨人の存在を認知していたし、宗教も一つだった。実際、あの文明があった地域は、ヴォルガ川を越えてはいなかっただろうし、アフリカにも及んでいなかったはずだ。だが、今の世界は地球全体だ。それぞれの国家があり、主義主張も異なり、信ずる神も異なる。そこへ巨人を倒すために軍を貸せなどと言っても、国家間の思惑や軍需産業の利権が絡み、事態が複雑になるだけだ。まして、どこに人間に化けた巨人が混じっているのかわからない状態では、共闘は不可能だ」

フレイの説明に、イースは不満そうに唇を引き結んだが、それでも一応はうなずいた。

「できるだけ犠牲を出さずにこの戦いを終わらせるには、やはり巨人の王ベルゲルミルを見つけるのが最善策だと思う。そのために、コマンダーを捜さなければならないが――」

と、フレイは壁のディスプレイに目をやる。ニュースによると、小さいながら、地震はまだ収まらず、小規模な津波があちこちで観測されているという。

「亮もイースも、今日はゆっくり休んでくれ。場合によっては、作戦を練り直す必要がある」

海色の目には、一点の曇りもなかった。

「わかった」

「そうするわ」

亮もイースも表情を和らげ、ビル内のゲストルームへ案内するというジョン・スミスについて部屋を出た。フレイの判断に誤りはない――それが二人の共通認識だった。

「フレイ、疲れてる？」

オフィスに残り、フレイがこめかみをもんでいると、アリが声をかけてきた。

「いや、大丈夫だ。アリ、お前も部屋で休め」

笑顔を作ってフレイはそう言ったのだが、「アリ、疲れてない」と彼はスツールを引き寄せて、隣に座り、デスク上のノートパソコンをのぞき込む。ディスプレイには、対巨人情報部が集めた地震関連の情報が次々と映し出されていた。

「地震、終わった？」

「そのようだ」

ほんの三十分前まで数分おきに起きていた地震が、今は微震すら観測されない。また、対巨人戦闘部隊が、震源地付近を探ったが、巨人らしき姿はないと先ほど報告があった。

「巨人、亮のハンマーみたいな武器で、地面を叩いてた？」

「公式発表では、原因不明だが、巨人の仕業である可能性は高い」

「イース、巨人は皆殺しと言っていた。亮、みんなで仲良く暮らしたいと言っていた。フレイ、どうする？」

「まずは、人間の命が最優先だ。戦いを挑んでくるなら容赦はしない」

不安げなアリの姿が、どこかに隠れ住んでいるであろう、巨人の子どもたちを想像させた。

ノルウェーの基地にいたルカという青年は、巨人の組織に育てられ、そこで人間への憎しみを植えつけられた節がある。コリンは人間として暮らすことを望んでいた。彼と同じ望みを抱いている巨人が他にもいるはずだ。心情的には、そういった罪のない子どもや洗脳された者、人間に友好的な者をひとくくりにして滅ぼしたくない。

「助けてやりたい巨人もいる。しかし、その方法がない。そもそも、巨人がどこにいるのかわからない。たとえ発見できても、巨人には、任務が遂行できなかったり、人間の味方をしたりすれば、家族もろとも処刑されるという掟《おきて》がある。投降を呼びかけても応じないだろう」

「つまり、全員滅ぼす？」

「人間の命が最優先だ」

フレイは繰り返した。

そこへ「ビスコップ侯爵がお見えになりました」と、ジョン・スミスがリチャードの来訪を告げた。

「ロンドンに来たのなら、なぜ連絡してこない」

フレイが取り繕う間もなく、彼は入って来るなりそう言って「飲み物はコーヒーでいい。濃いめに淹《い》れてくれ」と、ジョン・スミスに命じ、ソファに腰を下ろした。

リチャード・ジョージ・ビスコップ――フレイの兄であり、次期サウスリーズ公であり、ヨーロッパ・ビスコップのCEOでもある彼は、いつも通り、スーツもシャツも皺《しわ》一つ無く、まとう雰囲気にもまったく隙がない。かなりの美貌の持ち主ではあるが、美男子だと思う前に、王者のような風格に圧倒されてしまう。案の定、アリは、挨拶もそこそこに部屋を出て行ってしまった。

「オフィスへは伺いましたよ。ですが、出張中とのことだったので――」

連絡しなかった理由について言い訳しながら、フレイは地震情報が映し出されたままのノートパソコンの蓋を閉じた。巨人の存在も、フレイがフレイ神の生まれ変わりであることも、リチャードには知らせていない。しかし、彼の鋭い観察眼は、フレイのその動作を見逃さなかった。

「今日の地震を人工地震だと思っているのか？　ロンドンに来たのは、それが理由か？」

「いいえ。ロンドンへ来たのは別件です。これは偶然——」

「この地震については、私も気になって調べさせているが、原因は不明だ。地下で核実験を行ったという情報もないし、テロリストの仕業にしても犯行声明がない。私の把握していない組織が、極秘に何かを企んでいるのだろう」

何もかもを見透かしているような彼の眼差しを、フレイは辛《かろ》うじて受け止めた。

(打ち明けてしまおうか……)

世界の政財界に対するリチャードの影響力はフレイを凌《しの》ぐ。まして彼のホームグラウンドはヨーロッパだ。脱走した巨人の行方や、巨人の王ベルゲルミルの居場所、人間界で巨人の便宜を図っているコマンダーの正体についても、この兄なら突き止められるのではないだろうか。

フレイが迷っている間に「まあ、いい」と、彼は運ばれてきたコーヒーに目を移し、微笑んだ。

「この半年、お前が統括するアジア・パシフィック・ビスコップの業績は伸びている。余計な詮索も口出しも必要あるまいが——」

優雅な仕草でカップとソーサーを手に取り、彼はコーヒーの香りを楽しむ。

「その成長ぶりが逆に心配だ。目先の利害に囚《とら》われて、大局を見失ってはならん。五十年後、百年後を見据えて戦略を練ることも必要だ」

もちろん、企業の経営戦略を説いているのだろうが、フレイには、巨人との戦いのことを言われているような気がした。

「重大な局面に立たされた時は、犠牲を出さない策がベストだ。企業のイメージアップにもつながる。たとえ一時、赤字が出ても、黒字に転じさせればいい。それこそが経営者の腕の見せ所だろう」

「仰《おっしゃ》る通りです」

「今更、言うまでもないがな。先日の、台湾の家電メーカーの買収は見事だった」

珍しくほめられた。

「さて、ミーティングがあるので、今日はこれで失礼するが、明日の夕食を一緒にどうだ？　お前がつきあえるなら、父上と母上をお誘いしようと思っているのだが」

「申し訳ありません。仕事が立て込んでいて――」

地震の原因を探る必要もあるし、コマンダー候補の見極めもしなければならない。

「残念だ。では、秘書を通じてスケジュールの空いている日を知らせてくれ」

カップを置いて立ち上がる兄を見て、フレイは目を丸くした。いつもなら、家族の夕食を優先しろと言うところだ。見送ろうと、フレイが立ち上がると、彼は突然、振り返った。

「フレイ、手に余るようなら、私に言え。手を貸してやろう」

真摯にこちらを見つめる瞳は、まるで、弟が何と戦っているのか知っているかのようだった。

刹那の驚きを、フレイは微笑みで覆い隠した。

「何だかんだ言って、私の世話を焼きたいのですね」

「当たり前だ。私はお前の兄だ」

リチャードは、そう言って、ジョン・スミスの開けたドアをくぐった。

――目先の利害に囚われて、大局を見失ってはならん。五十年後、百年後を見据えて戦略を練ることも必要だ。

リチャードの背中を見送りながら、フレイは先ほどの彼の言葉を思い返す。

オーディンは予言を聞いていながら、戦略を誤った。巨人との戦いに備え、彼は兵を鍛えることだけに専念していた。

（では、私は――？）

闇に包まれた未来に目を懲《こ》らし、フレイは自問した。


「若君、深夜に申し訳ありません。お目覚めになってください」

ジョン・スミスがフレイの寝室にやって来たのは、その夜、午前二時を少し回った頃のことだった。

「どうした？」

なかなか眠れずにいたフレイは、すぐさま起き上がり、ヘッドボードの明かりを灯す。弱い明かりに浮かび上がったジョン・スミスの表情は、いつになく険しかった。

「アリ様の姿が見えません。何者かに連れ去られた可能性があります」

二章

「アリが行方不明だって⁉」

ジョン・スミスからの知らせを聞いて、亮《とおる》はパジャマ代わりのジャージのままフレイのオフィスへ飛び込んだ。ノルウェーでの事件が脳裏をよぎる。あの時は、フレイとアリ、ジョン・スミスが巨人に拉致された。

フレイとジョン・スミスはすでに来ていて、電子ボードを起動しているところだった。フレイは部屋着のままだったが、ジョン・スミスはいつも通りダーク・スーツにサングラス姿だ。

「何で、どうやってビスコップの本社ビルから連れ出したんだ⁉」

「落ち着け、亮。今、防犯カメラを確認中だ」

息を荒らげる亮とは異なり、フレイは普段と変わらず冷やかな表情で電子ボードに向き合っていた。

「落ち着いてなんかいられない！　巨人に誘拐されたかもしれないだろ！　きっと人質に――」

亮の声にかぶって、「アリがいなくなったそうですね」と、ヴァルもやってきた。いつの間に入ってきたのか、妖精姿のイースが、テーブルに舞い降りる。

「廊下を歩いておいでになるアリ様が防犯カメラに写っていることに守衛が気づき、念のためにわたくしに連絡を寄越《よこ》したのでございます。そこで寝室へ伺ったのですが、どこにも見当たらず――」

ゲストルームの寝室には防犯カメラが設置されていないので、室内で何があったのかはわからないが、部屋が荒らされた様子はなく、荷物はそのまま残っているという。

「スマホ及びウェアラブル・コンピューターは持って行かれたようですが、電源が切られていて追跡できません。今、情報部がサーバーに残っている通信記録を調べているところでございます」

ジョン・スミスが操作盤に触ると、電子ボードにビル内の映像が映った。画面はいくつにも分割され、三秒間隔で映像が切り替わっている。

「録画をサーチしましたところ、一時五十分頃に非常階段を降りられた御様子」

画面の一つが拡大表示され、赤いレーザーポインターが、殺風景な階段を下りていくアリの姿を示した。非常階段へ出るドアはオートロックで、外からは開かないが、内からは鍵も生体認証もなしで開けられるとのことだ。

「自分から外へ出て行ったってことか？　何で、そんな真似《まね》を……」

「脅迫されて、呼び出されたのかもしれないが、その割に、怯《おび》えた様子がない」

フレイに言われて見れば、アリは軽快な足取りで階段を下りていく。

「この先は、街頭防犯カメラの録画映像になります」

ジョン・スミスが画面を切り替えた。情報部と連絡を取りながら、アリが映っているカメラの録画を捜し、足取りを追う。彼はビルの東の大通り――ケニントン・ロードというらしい――にいた。何かを捜しているのか、辺りをきょろきょろと見回しながら歩いている。

早送りしながら見ていると、やがて一台の乗用車がアリの横へ駐《と》まった。

「それだ」

フレイの声で、標準速度での再生が始まった。

運転席から、黒っぽいジャケットを着た男が降り、アリの腕を取って、後部座席に押し込む。

録画時刻を見ると、二時三分だった。今から二十分ほど前のことだ。

「この男の顔をズームインしてくれ」

フレイが指示を出すと、男の顔が拡大表示される。暗い画像が処理され、瞬く間に鮮明になっていった。歳は四十前後だろうか、中肉中背で髪は黒く、顔立ちはアジア系だ。

「顔認識にかけて男の情報を集めろ。車の持ち主もだ」

『すでに照会を始めています』

フレイの指示に答える情報部員の声にも焦りが伺える。

アリを乗せた乗用車は、そのままケニントン・ロードを南へ走っていった。

「車の行方を追え。警察にも連絡し、緊急手配させろ」

ロンドン警視庁及びロンドン警察は、ほぼビスコップの影響下にあり、対巨人情報部が発足して以来、徹底的に内部調査し、警官の中に巨人はおらず、手先を務めている者もいないことは確認してある。フレイが、養育している少年が拉致されたと届け出ると、警察は全力で捜索に当たった。

亮は、ジョン・スミスとともに、アリの部屋をくまなく調べ、書き置きがないか、誰かに脅された形跡はないかを捜した。しかし、手がかりになるような物は何も見つからない。

車の追跡も徒労に終わった。男はアリを連れて車を何度も乗り換え、しかも乗り換え場所がすべて街頭防犯カメラの死角だったため、結局見失ってしまったそうだ。なお、使用された車は、すべて盗難車で、所有者に怪しい点はなかったという。

　アリを連れ去った男の身元がわかったのは、夜明け近くになってからだった。

『遅くなって申し訳ありません。日本の警察に記録がありました。該当の男は、桜林秀彦《さくらばやしひでひこ》。三十九歳、国籍は日本。通称はサクラ』

「サクラ⁉」

　亮とフレイとヴァルは同時に聞き返した。

「サクラって、アリを日本に連れてきた男じゃ……？」

　亮は、五月に富士川《ふじかわ》河口の防波堤でアリに出会った時の、彼の話を思い起こす。

　ブラジル人のアリは、早くに両親を亡くし、曾祖父のタダオに育てられた。タダオは戦後ブラジルへ入植した日本人らしい。そのタダオが亡くなり、アリは親戚を頼って日本へ来た。その渡航に同行したのがサクラである。けれど、荷物もパスポートも現金もすべてサクラに預けたまま、彼とはぐれ、アリは、富士川河口の公園で寝起きし、ヴァルのバッグを引ったくって、亮に捕まった。それがアリと亮たちとの出会いである。アリは、サクラとはぐれたと言っているが、実際は、捨てられたのだろう。後にフレイが調査したところによると、サクラは麻薬の運び屋だった。

「けど、サクラは警察に捕まったんじゃなかったっけ？　アリを日本に連れてきたサクラとは別人？」

『いいえ、同一人物です。サクラは、一ヶ月ほど前に釈放されています』

「釈放？」

　フレイが聞き返す。

『裁判の引き延ばしが行われ、結局、無罪判決が下りました』

「裏から手を回した者がいるのだろうな。弁護士その他、サクラの関係者を調べてくれ」

『承知いたしました。なお、アリ様のスマホの通信記録ですが、この数ヶ月、使い捨て携帯から何件か着信があり、昨夕、アリ様はその番号へ発信なさり、それを最後に電源を切っておられます』

以前から、アリはサクラに呼び出しを受けていたらしい。香港《ホンコン》では、小学校に通っていたため、友人からアリのスマホの番号が漏れたのではないかとフレイは言う。

「サクラって巨人なのかな」

「いや、人間であることは五月の調査の時点で確認済みだ。無自覚に巨人の手先を務めている可能性はあるが――」

そんな話をしているうちに、『サクラの背後にいる人物がわかりました』と、スピーカーから情報部チーフの声があった。

『弁護士や麻薬の密売人等関係者の通話やメール、資金の流れなどを辿ったところ、サクラの釈放に手を貸したのは、セルゲイ・カホフスキーだと思われます』

「セルゲイ・カホフスキーって――」

亮は、瞠目《どうもく》した。昨日、見せてもらった立体映像――巨人の組織のコマンダー候補としてリストアップされた人物に、その名前があったからだ。

ロンドンから車でおよそ二時間、ブリテン島南部の都市、サウサンプトンの空は、青く穏やかな色をしていた。

「俺、イギリスって、どんより曇り空ばっかりだと思っていた。確かに釣り日和《びより》かも」

リムジンの窓から空を見上げ、亮はつぶやいた。

情報部の調べで、セルゲイ・カホフスキーは一週間ほど前からサウサンプトンに滞在し、自前のクルーザーで釣りを楽しんでいることがわかっていた。

セルゲイ・カホフスキー――五十七歳、国籍はロシア。手広く海運業を営んでいるが、その実はロシアンマフィアの幹部。ソ連時代の情報はまったくつかめない。六月までコマンダーを務めていたピートと、連絡を取っていた――それが、セルゲイに関する主な情報である。

フレイによると、セルゲイは、政財界にもかなりの影響力を持っているという。亮には仕組みがよくわからないが、政財界の要人の中には、マフィアに資金を提供してもらったり、サイドビジネスで得た利益の資金洗浄や税金逃れ等でマフィアの力を借りたりしている者もいるとのことだ。

セルゲイがアリの誘拐を指示したかどうかは不明である。そういった内容の電話やメールはなかったと、情報部のチーフは言っていた。けれど、セルゲイはもともとコマンダー候補として、捜査の対象になっていたので、直接、彼のところへ出向くことになったのである。

「セルゲイのクルーザーは、十分ほど前に、オーシャン・ビレッジに戻ったそうです」

ジョン・スミスが、イヤホン型の無線機に手を当てながら言った。情報部が、セルゲイのクルーザーをＧＰＳで追っているのである。

「車をそちらへ回せ」

フレイの指示で、リムジンは左折して海沿いの道路を南へ進む。やがて、整備された埠頭《ふとう》に並ぶ無数のボートやヨットが見えてきた。近くの駐車場にリムジンを駐め、亮たちは車を降りて、徒歩で埠頭へ向かう。イースは妖精姿で、亮の頭の上を舞っている。

「あの船でございます」

ジョン・スミスが、桟橋の一番海寄りに停泊している船を指さした。中型のクルーザーだろう、そこらに泊まっているモーターボートやヨットの二倍ぐらいの大きさがある。

桟橋には、厚手のジャケットを着込んだ屈強そうな男が三名いて、太いロープを船から降ろし、係船柱に巻きつけていた。

フレイとジョン・スミスが船に歩み寄り、亮はヴァルとともに桟橋の手前に残って漁船の陰に隠れ、彼らを見守る。役割分担は車中で打ち合わせ済みだ。

近づいてきた二人連れに気づき、男たちは作業の手を止めた。その視線はフレイ一人に注《そそ》がれている。彼の美貌に驚いているのだろう。気持ちはよくわかる。亮もトールもそうだった。

「失礼いたします」

ジョン・スミスが英語で声をかけたが、返事がない。彼は別の言語で再び声をかけた。亮の耳に入っているイヤホン型翻訳機によると、やはり「失礼します」だ。イヤホンと連動している腕時計型ウエアラブル・コンピューターのディスプレイを見ると、ロシア語の表示が出ている。

「……誰だ？」

返事はロシア語だった。彼らの目は、まだぼーっとフレイを見つめている。

「わたくしは、こちらのフレイ・ロバート・ビスコップ卿の秘書をしておりますジョン・スミスと申します。セルゲイ・カホフスキー氏の船はこちらでしょうか？」

「ボスに何の用だ？」

そこでようやく男たちはフレイ・ショックから立ち直ったらしい。剣呑《けんのん》そうな目つきで睨《にら》んできたが、ジョン・スミスはまったく動じず、慇懃《いんぎん》な態度を崩さない。

「近くまで参りましたので、ご挨拶したいと若君が申しまして――」

ジョン・スミスが言い終わらないうちに、『ようこそ、ビスコップ卿』と、船の方からロシア語で野太い声がした。見れば操舵室の屋根にラッパ型のスピーカーがついている。どこかにカメラもついていて、外の様子を見ていたのだろう。

『ビスコップ卿をご案内しろ』

その声で、男の一人が船と桟橋の間に板を渡し、「こちらへ」と、フレイとジョン・スミスを導く。

船室のドアが開くと、妖精姿のイースが飛びこんだが、誰も気づかなかったようだ。

フレイたちが船室に入るのを見澄まし、亮とヴァルは漁船の陰から出て、桟橋に残っている二人の男たちに近づいていく。

「巨人かな？」

「どうでしょう」

いかにも用心棒といった風体の男たちは、一人は頬髭《ひげ》を生やしていて、もう一人はニット帽をかぶっているのだが、どちらも一八八センチの亮よりも背が高そうだ。

「すみません。ちょっとお聞きしたいのですが」

ヴァルがロシア語で話しかけた。遺跡の発掘で世界中を飛び回っているヴァルも語学が堪能なのだ。

「お前たちは？」

頬髭の男が、ベンチコート姿の亮と、ウールのオーバーコートを羽織ったヴァルを、じろじろと値踏みするように眺めた。

「ただの観光客です。実は、知り合いの少年が迷子になってしまいましてね。見かけませんでしたか？」

「いいや、見てねえな」

即答だった。しかもこちらを睨んだままだ。かえって怪しい。

「この船、何人乗りですか？　クルーを入れて、二十人ぐらい？　さぞかし、お部屋もたくさんあるんでしょうね」

「なぜ、そんなことを聞く？」

「すばらしい船なので、子どもがうっかり乗り込んだのではと――」

「子どもなんか俺たちは知らねえ」

踵《きびす》を返して船へ戻ろうとする彼らの前に、「待ってくれよ」と、亮はさりげなく立ちふさがった。今、用心棒に船に戻ってもらっては困る。今頃、船内では、ジョン・スミスが隠しカメラを仕掛けているはずだ。見張りの目を引きつけておくのが、亮の役目の一つである。

「普通、こういう時は、迷子の子どもが、いついなくなったのか、どんな服装なのか、それぐらい聞いてくれるもんだろ」

亮の日本語が、ロシア語になって腕時計から聞こえてきたことに驚いたのだろう、男たちの目が亮の手に注がれる。ニット帽の男が、「ほう」と、嫌な感じの笑みを浮かべた。

「気に入らねえな。俺らがその子どもを誘拐して、この船に閉じ込めたとでも言いたいのか」

頬髭の男が、亮に向き直った。

「いや別に、その……」

亮が後退《あとずさ》ると、男たちの笑みが深くなる。

自分よりも弱い者に対して抱く凶暴な優越感。亮が最も忌避する感情だ。

「生意気な口をきくじゃねえか。俺らを誰だと思ってる」

頬髭の男が、ずい——と、一歩前に出た。

（こいつら、巨人じゃなさそうだな）

巨人であれば、亮がトールであることにも、先ほどのビスコップ卿がフレイ神の生まれ変わりであることもわかる。亮とフレイが仲間であることを知っていれば、もっと慎重に対応するはずだし、巨人を倒せるハンマーの持ち主を脅すような真似《まね》はしない。

「名誉毀損で訴えてやろうか。だが俺は懐が深いんでな。その時計を寄越せば、見逃してやってもいいぞ」

ニット帽の男が、ニヤニヤしながら近づき、腕を取ろうとしたので、亮は素早く横へ退いた。

「逆らおうってのか？　後悔するぞ」

ヴァルが「やめた方がいいと思いますよ」と、恐る恐るといった調子で声をかけてきた。

「ほらみろ。お前の連れもそう言っている」

「いや、ドクターが言っているのは、多分——」

ニット帽の男がかなりの勢いで詰め寄って来たので、それをよけようとしたら、頬髭の男に腕を捕まれた。とっさに彼の手を振り払って、亮は後方へ飛び退《の》く。

腰にトールの神力を増すベルトを巻いているので、今の亮には半端ない膂力《りょりょく》がある。もちろん、十分に手加減したが、頬髭の男にとっては予想外の反撃だったらしい。

驚愕の表情は一瞬で消え、凶暴さをはらんだ怒気が一気に膨れあがった。

「このガキが！」

頬髭の男が、亮の顔をめがけて殴りかかってきた。亮は軽く頭を傾けて、その拳《こぶし》をよける。

赤毛のせいで亮はしばしば不良にからまれることがあり、図らずもこういった場面には慣れている。平和主義者なので、こちらからは手を出さない。いつも、よけるか逃げるだけである。逃げ足には自信はあるが、今回は逃げるわけにはいかない。

「舐《な》めやがって！」

よけたことが男を逆上させてしまったらしい。彼は目を血走らせ、次々と拳を繰り出してきた。ボクシングの心得があるのか、なかなか切れ味のあるパンチだったが、亮はことごとくそれをよけた。

このフットワークは、トールが戦場で培ったものだ。

「俺は、いなくなった子どもを捜してるだけで——」

そう言いながら、亮は顔面へのストレートが来た時に、頭を沈めてよけ、ついでに足払いをかけた。つんのめった男の脇からすり抜けると、ニット帽の男が、ヴァルに飛びかかろうとする様子が視界の隅に入る。女性と見まがうほど——実際、前世は女性だった——体型も顔立ちも線の細いヴァルだが、まったく怯む様子はない。舞うようにしてニット帽の男の攻撃をかわし、時には平手で男の頬を叩くこともあった。

(そういや、ドクターはヴァルキュリアのエリーだった)

戦場で馬を駆り、巨人の攻撃をかいくぐって負傷兵の救出に行っていたのだ。素手の人間の男など、子犬をあしらうようなものだろう。

ほんの一瞬の、亮のよそ見を、男は見逃さなかったらしい。体勢を整えた頬髭の男が、亮の腰に飛びついてきた。

「おっと」

バランスをくずしかけたが、亮は踏ん張り、男の襟首を右手でつかむと、左手で彼の腕を引きはがした。そのまま右手を高く持ち上げる。宙に浮いた男は、信じられないといった様子で、目を限界まで見開いた。男は手足をばたつかせ、亮から逃れようともがいたが、亮は手を放さなかった。

「ばかな……その細っこい体で……」

圧倒的な力の差を見せつけられ、男は抵抗をやめた。

「俺、長距離やってるんだ。だから体重、増やせないの」

力の源が、ベルトにあることは言わないでおく。

「本当に、子ども、知らない？　アリって名前で、ちょっと色黒で、巻き毛で、左右の目の色が違うんだ。その船に乗ってるんじゃないか？」

「し、知らねえ。船に子どもは乗せてねえ」

「じゃ、サクラってあだ名の日本人は？」

亮の問いに、男の眉がぴくりと動いた。

「知らねえ」

「嘘《うそ》ばっかり」

亮は男を宙づりにしたまま、桟橋の端へ行き、彼を海面上につり下げた。その様子をニット帽の男が呆然と見守る。

「ジャケット着たまま海に放り込まれたら、浮いてこられないよね。十二月の海は冷たいだろうな」

脅すのは不本意だが、今はどうしてもアリの情報が欲しい。

こちらを見つめる怒りと憎悪の入り混じった男の視線が、かつての戦場での巨人と重なり、亮の中のトールを呼び起こす。

「殴りかかってきたのはお前の方だろ。自分より弱いやつを虐げて、怯えたり苦しんだりするのを見て楽しむとか、最低だな」

低く冷たい声が、勝手に口から出てくる。

「言えよ」

無意識のうちにトールの気配を発散していたのだろう。男の目に怯えの色が走る。

「い、言うから、助けてくれ……。こ、子どもは、今は船にはいねえ。それは本当だ。けど、今朝早《けさ》く、サクラってアジア系の男が来て、そいつがガキを連れていた。顔を見てねえから、あんたらが捜してる子どもかどうかわからねえが……」

「どんな様子だった？ 怪我《けが》をしているとか、具合が悪そうだとか、縛られたりしてなかったろうな」

「別に、普通だった。ボスは丁重に扱っていた」

丁重に扱う理由はわからないが、取りあえず、安全は保たれているらしい。ほっとした途端、亮の中のトールの感情が消えていく。

「それで、サクラとアリはどこへ行ったんだ？」

「わからねえ。ボスと五分ぐれえ話して……また、出て行った」

「ありがとう」

これで目的の一つは達成できたが、ジョン・スミスが隠しカメラを設置し終わるまでは、男を船には戻せないので、亮は、しばらくの間、彼をそのままつり下げておくことにした。

「思い知ったか——とは言わないけどさ」

赤くなったり青くなったりしている男を見下ろし、亮はため息をついた。

たとえ相手が悪人でも、亮は痛めつけた相手に対して「ざまあみろ」という気分にはなれない。

暴虐な行為を止めたり、被害を受けている者を守ったりするのは正しいことだと思う。けれど、やっていいのはそこまでだ。自分には裁く権利も、罰を与える権利もない。

「てめえ！ 知りたいことは教えてやっただろ！ 放せ！ いや放すな、桟橋へ戻せ！ 畜生！ あとで覚えてろよ！」

「ごめん、とにかく、あと十分ぐらい我慢して」

暴れる男を吊《つ》り下げたまま、亮は、我ながら非道だと反省する。

「だから、やめた方がいいと言ったのですよ」

まだ呆然としているニット帽の男に向かって、ヴァルが微苦笑した。


一方のフレイは、高級クラブのVIPルームのような船室で、ワインを傾けていた。

正面に座るセルゲイの手には、ウォッカのグラスだ。

セルゲイの背後には、フレイを案内してきた屈強な男が控えていたが、フレイは、ジョン・スミスを船室の外で待機させた。待機は見せかけである。この間に、ジョン・スミスは各所に、隠しカメラや盗聴器等を仕掛けることになっている。

「驚きましたな。サウスリーズ公の御子息が、私のようなしがない船乗りを訪ねてきてくださるとは。いや、光栄です。噂《うわさ》通り、人形のような完璧な美しさだ。今朝は魚の方はさっぱりでしたが、大物が釣れた」

腹を揺すって笑う彼に、フレイも笑みで応じる。

「お噂は、かねがね。一度お目にかかりたいと思っていたのですよ」

フレイは、二年ほど前に、経済誌でセルゲイの記事を読んだことがある。その時は、約二メートルの身長と日本の相撲《すもう》レスラーのような体軀《たいく》を、ただ大きいと驚き、また海運業者としての急成長ぶりに感心しただけだ。当時は、炎を喚《よ》ぶ巨人の悪夢に苛《さいな》まれてはいたものの、この世に巨人が実在するとは思ってもみなかったし、自分が神と呼ばれた超能力者の生まれ変わりであることも知らなかった。

今も、この巨漢が巨人であるか否《いな》か断定できない。巨人は人間の気配を装うことができるからだ。対して、巨人には神の生まれ変わりを嗅ぎ分ける力がある。

セルゲイが巨人であれば、フレイがフレイ神の生まれ変わりだと気づいているはずだ。果たして、先ほどの「大物が釣れた」の言葉は、サウスリーズ公の次男の意味なのか、それともフレイ神の生まれ変わりという意味なのか――。

「ミスター・カホフスキー、昨今の海運業は、船舶過剰の上、原油安でエネルギー分野の輸送が低迷しているにもかかわらず、ここまで収益を上げた秘訣を是非ご教授いただけませんか」

表面上は、ベテランに意見を求める若い実業家を装い、フレイはセルゲイを子細に観察する。

「どうかセルゲイと呼んでくだされ、ビスコップ卿。天から商才を与えられたと言われるあなたに、私が教えることなど、一つもありません」

今のところ、彼は余裕たっぷりの表情だ。しばらく他愛のない話をして時間を稼ぎ、

「ところで、セルゲイ。サンドフェラー財団のピート・ヘイワードをご存じですか?」

セルゲイの落ちくぼんだ目を見つめながら、フレイは唐突に尋ねた。彼の黄褐色の眼が一瞬揺れる。

「ええまあ。サンドフェラー石油の輸送は、我が社で行っておりましてな。その関係で、何度かお目にかかったことがあります」

「私は、この六月に、ノルウェーで彼に会ったのですよ」

炎を喚ぶ最終兵器レーヴァテインを巡る一連の事件を、セルゲイは知っているのか——。それを、探るための質問である。

フレイの射貫《いぬ》くような視線を、彼は辛《かろ》うじて受け止めている様子だった。

「左様ですか。それは存じませんでした」

「夏至祭の慈善パーティーで紹介されました。なかなかの切れ者だったのに、とても残念です」

「まったくです」

セルゲイは、沈痛な面持ちでうなずき、そこで固まった。

巨人の生態を調べるために遺体をラボへ運んだ都合上、フレイは情報操作して、ピートは長期休暇を取って旅行を楽しんでいることにした。従って、巨人とは無関係の者であれば、フレイの「残念です」の言葉に疑問を返すはずだ。しかし彼は、ピートの死を知っているかのような反応を示した。

セルゲイが巨人であることは、ほぼ間違いない。

彼自身も自分の失態に気づいたらしい。見る間に青ざめていく。

「今頃、どうしておるのやら。まさか、このまま引退するのではないでしょうね」

彼の手が、ゆっくりとポケットの中へ入っていった。膨らみからすると中身は拳銃だろう。正体がバレれば自分はフレイに殺される、ならばその前に——とでも思っているのかもしれない。

セルゲイの顔に目を据えたまま、フレイもポケットに手を入れた。中に入っているのは、伸縮自在のフレイ神の剣——巨人を殺せる武器である。物の温度を自在に変えられるので拳銃を凍りつかせて、トリガーを引けなくすることもできる。

その時、「ボス――」と、ボディーガードが、監視カメラに目をやった。そこには、栈橋の端で亮につり下げられている頬髭の男の姿が映っている。

「放っておけ」

船室を出て行こうとするボディガードを制止し、セルゲイはポケットから手を出した。その手には何も握られていない。

(分が悪いと察したか)

彼は、モニターに映っている少年がトールの生まれ変わりであることも知っているのだろう。たとえ、ここでフレイを撃っても、セルゲイに勝ち目はない。亮のハンマーは狙った獲物を絶対に外さない。船で逃走を図っても、ハンマーで船ごと打ち砕かれる。

この状況から脱するために、彼はあくまでも人間のふりを続けることにしたらしい。

「うちの者が、何かもめ事を起こしたようですな。それにしても、あの少年、何という怪力か」

「実は、彼は私の友人なのです。見た目に反して力持ちでしてね。私に免じて、彼の非礼をどうかお許しください」

フレイもまた、セルゲイが巨人であることに気づかなかったふりをした。亮のあの様子では、アリはこの船にはいないのだろう。ならば今、セルゲイを問い詰めるのは得策ではない。

そこへ、ノックの音がして、「若君、亮様がこちらのクルーと喧嘩《けんか》なさったご様子――」と、ジョン・スミスが報告に来た。盗聴器や隠しカメラの設置が完了したのだ。

「力持ちの彼には、私からよく言っておきます。では、セルゲイ、お邪魔いたしました」

フレイは立ち上がり、セルゲイに手を差し出す。

「大したおもてなしもできずに、申し訳ありませんでしたな」

彼も立って、フレイの手を握り返した。

「いずれまた――」

と、フレイはセルゲイの首に腕を回す。イギリスでは、よほど親しい間柄でなければハグはしないが、ロシア人はスキンシップが濃厚だと言われている。不自然ではあるまい。ついでに、彼の後ろ髪を一本引き抜いた。思った通り、痛覚が鈍い巨人は気づかなかったらしい。

「ええ、いずれまたお会いできることを、私も楽しみにしておりますぞ」

そう言って作り笑いを浮かべるセルゲイの声には、微《かす》かに安堵《あんど》の色が混じっていた。

フレイが船を下りると、亮が吊していた男を解放してこちらへ走ってきた。二人のボディガードは「お前らグルだったのか」「覚えてろ」と、それぞれ悪態をつきながら、船へと駆け戻って行く。

「アリとサクラは、今朝この船に寄ったってさ。けど、今はいない。行き先は不明」

亮によると、クルー兼ボディガードは、詳しいことを何も知らないとのことだ。

「アリに怪我がなかったってのが、唯一の朗報。そっちは、どうだった?」

亮の問いに、フレイは、「予定通りだ」と、つまんだセルゲイの髪を掲げて見せた。

リムジンへ戻ると、フレイはその髪を、巨人鑑定キットの試薬に浸す。その間に、ジョン・スミスが、設置した盗聴器と監視カメラのモニターを作動させた。

リムジンのＴＶモニターに、セルゲイの船のデッキや操舵室などの映像が映り、

『サクラが来たことを怪力の少年に喋《しゃべ》ったのか！　馬鹿め！』

『いったい、あいつら何者――』

『そんなことは知らんでいい。とにかく急いで船を出せ！　一刻も早く、ここから遠ざかるんだ！』

セルゲイの怒鳴り声や、うろたえるボディガード兼クルーの声が、スピーカーから飛び出してくる。

その声を聞きながら、フレイは試験管を窓の明かりにかざした。思った通り、中の試薬は赤く変色していた。

「セルゲイは巨人だ」

「外にいた二人は人間でしたよ。小びとではないでしょうね。身長が高すぎますから」

二本の試験管を振りながら、ヴァルが言った。乱闘の後で、頬髭の男とニット帽の男の髪を手に入れたという。

「手下の連中は、セルゲイが巨人だってことは知らないんだろうな」

亮がつぶやく。

巨人族は、人間社会に巧みに紛れ込み、中には人間を利用している者もいる。そういった人間たちの安全を確保しながら巨人の組織を潰すのは、簡単なことではないと、亮も思っているのだろう。

「それにしても、フレイをフレイ神の生まれ変わりだって知ってて、船室に招き入れるなんて」

「アポなしの訪問だったため、私たちを迎え撃つ準備をしていなかった。となれば、ただの海運業者を装うしかない。だとすれば、ビスコップ家の次男の訪問を断れば、かえって怪しまれると思ったの

ではないか」

「セルゲイがコマンダーかな。やつが、巨人の王って可能性は？」

「王ではないだろう。彼の言動を考えると、誰かの指示に従って動いているように思える」

「そっか、なら今は捕まえるわけにはいかないよな。けど、もどかしい……。セルゲイを問い詰めて、アリの居場所を聞き出して、今すぐにでも助けに行きたい」

出航するセルゲイのクルーザーの映像を見ながら、亮はそう言って歯がみする。

「やつら、なんでアリを誘拐したんだ？　俺らに対する盾？　それとも、フレイの時みたいに、何かの武器を起動させる鍵とか？　だったら、その武器って何？　アリもアリだ。何で黙ってビルを抜け出したんだ。呼び出されたのなら、俺らに一言相談すればいいのに——」

「焦るな、亮。こちらが下手《へた》に動けば、セルゲイが余計に警戒する。あとはイースに任せておけ」

セルゲイの船は、情報部が監視衛星を通じて追跡している。盗聴器と隠しカメラも仕掛けた。

カメラの死角は、イースが補ってくれる。

そのイースの顔が、ＴＶモニターにアップで映る。妖精姿の彼女は、まるでこちらの会話を聞いていたかのように、カメラに向かって笑いかけ、また飛び去って行った。

❈❈❈

セルゲイの船室の、棚に並べられたボトルの陰に身を潜め、妖精姿のイースは、そっと彼の様子を窺《うかが》う。セルゲイは、難しい顔でノートパソコンに向かっていた。

画面に映っているのは、亮とヴァル対用心棒たちの小競り合いである。録画された監視カメラの映像を見ているらしい。

「フレイは、アリの跡を追ってここへ来たのか……秘密裏にことを運んだつもりでいたが、侮れん」

セルゲイの独り言がイースの耳に届く。

「いずれにしろ、ピートの件でうろたえたのはまずかった。やつのことだ、私が巨人だと気づいたかもしれん。その場で始末してしまえればよかったが、トールが同行していたのでは――」

フレイと亮の訪問は、セルゲイにそれなりの恐怖を与えたらしい。

「私を見逃したのは、我らの本拠地を私に案内させるためなのだろうな」

彼は録画を何度も見直し、「少なくとも、アリの行き先は知られずに済んだようだ」と、ようやく安心した様子で、パソコンの蓋を閉じた。

(幻術をかければ、聞き出すのは簡単だけど――)

アリを誘拐した目的や、アリの居場所、ノルウェーの基地から脱走した巨人たちの行方などなど、知りたいことはたくさんある。けれど、幻術を使えば、かけられた方は覚めた時に微妙な時間のずれを感じる。巨人たちはイースの存在を知っているので、その微妙なタイムラグを妖精の仕業だと思うかもしれない。今はまだ、潜入がばれるわけにはいかない。

やがて、セルゲイはデスクの引き出しから便せんと封筒を取り出し、手紙を書き始めた。フレイが調査させたところによると、彼は盗聴やハッキングを恐れ、表向きの仕事以外では、メールや電話を使わないという。手紙の宛先は巨人かもしれない。

イースは、忍び足でボトルの陰から出て、便せんが視界に入る場所まで移動した。

（よかった、英語で書いてるわね。ロシア語だったらアウトだったわ）

亮の宿題を手伝ううちに、日常で使われる英語の読み書きはできるようになったのだ。しかし、幸運を喜んでいられたのは、つかの間だった。

（……嘘でしょ）

彼のペン先から描かれる文字を追っていくうちに、イースは、この人間世界が大変な危機に直面していることを知り、愕然《がくぜん》とする。

（グングニルが、巨人の手にあるなんて……）

❈❈❈

「グングニルだって⁉」

船の隠しカメラのモニターに現れたイースに向かって、亮は思わず聞き返した。

『あたし、セルゲイが手紙を書いてるところを盗み見たの。ベルゲルミル宛ての手紙だったわ。内容をかいつまんで言うと、手に入れたグングニルは予定通り別便で送った。しかし、フレイと亮が船を訪れた。自分が巨人だとばれてしまったかもしれない。追跡されている恐れがあるので、尾行をまくための時間がほしい。ついては、決起の日時の変更を検討してもらいたい――だいたいそんな感じ。

セルゲイは封筒に住所を書いてなかったから、誰かに手渡すんじゃないかしら。で、あたしはその手紙の方を追いかけようと思うの。また何かわかったら連絡するわね』

イースは辺りをはばかりながら、早口でそう言って、カメラから離れた。

亮とフレイ、ヴァルは、声もなく互いと目を見交わす。

グングニル――。

神代において、小びと族の中でも最も優れた職人たちが作った魔の槍《やり》。

グングニルが献上された時、その場にトールとフレイもいた。二人は槍の精巧さに感嘆すると同時に、その威力に脅威を覚えた。並の者には、とても使いこなせない。

結局、グングニルは、神々の王オーディンの持ち物となった。

グングニルは、絶対に狙いを外さず、敵を貫いた後には、投げた者の手に戻ってくる。そして、その破壊力はトールのハンマーを凌駕《りょうが》し、神力の高い者が投げれば、巨大山脈をも砕くという。亮もフレイも、オーディンがグングニルを使う場面を見たことがない。それを使えば、世界が滅びかねないことを、神々の王はよく知っていたからだ。

「……巨人は、グングニルをどこで見つけたというのだ」

張り詰めた空気を破って、無念の声を上げたのはフレイだった。

「この半年、対巨人情報部に神代の遺物を捜させていたのだ。だが、グングニルは発見できなかった」

「僕もです」

神代の記憶を検証するために、世界各地を発掘して回っていたヴァルの顔は、青ざめていた。

「ラグナロクでは、巨人はグングニルを恐れ、直接対決を避けて、巨大オオカミ――フェンリルにオーディンを襲わせたんです。そこは神話とほぼ同じなので、文献とヴァルキュリアだった時の記憶を照らし合わせ、当時の戦場だったと思われる場所へ赴いてグングニルを捜したのですが……」

亮――トールは、オーディンの最期を知らない。その前に、巨大生物兵器ヨルムンガンドとの戦いで絶命したからだ。おそらくラグナロクにおいても、オーディンはグングニルを使わなかったのだろう。でなければ、フェンリルごときにオーディンが負けるわけがない。

「……イースは、決起の日時って言ってたよね。巨人が脱走したのは、それがきっかけなのかな。巨人は、グングニルで何をするつもりなんだ？」

かさかさに渇いた喉から、亮は辛うじて声を絞り出した。

「グングニルの破壊力は、投げる者の力量に因《よ》るところが大きいので、何とも言えませんが……」

ヴァルの言葉に、フレイが「もしや」と、顔を上げた。

「昨日の地震、あれはグングニルが起こしたものだったのかもしれない。私が巨人なら、手に入れたグングニルが、本物か否か確かめる。王に偽物を送るわけにはいかない」

「だとすると、投げたのはセルゲイ？」

「昨日のセルゲイのクルーザーの位置を考えると、その可能性は高い」

「グングニルの破壊力は、投げる者の力量に因るんだよね。そして、巨人は実力主義の縦社会」

巨人の組織は、能力に応じた順位制をとっているという。つまり王が、最も膂力も戦闘力も高い巨人ということになる。

「昨日の地震は、マグニチュード五だったけど、巨人の王ベルゲルミルが、本気で投げたら――」

亮は、遙《はる》かな過去のラグナロクを思い起こし、戦慄した。


その後の三日間、対巨人戦闘部隊や情報部と連携しながら、亮たちは他のコマンダー候補もセルゲイと同じようにして調べて回り、リストアップされた人物のうち、五名は巨人であることが判明した。しかし、巨人の王の居場所や、グングニルの行き先、アリとサクラの行方はつかめない。

『アリ様とサクラは、リヴァプールのフェリー・ターミナルの防犯カメラでとらえたのを最後に、行方がわかりません。乗客名簿にはそれらしき二人が載《の》っていませんので、おそらく漁船か私有のクルーザーに乗ったと思われます』

情報部はそう言っていた。

「リヴァプールって、イギリスの西の端だよね。国外へ出るつもりかな」

「セルゲイの船は、今、ブリテン島の東の端、ハンバー川の河口に停泊している。西の端にいるアリから目をそらせるためか、それとも単に、私たちの追跡から逃れるためか――。いずれにしろ国外への脱出を図っているのかもしれない」

そんな話をしていると、イースから三日ぶりに連絡があった。

『公衆電話からかけているの。ちょっとしかお金が手に入らなかったから要点だけ。セルゲイは立ち寄った港で、例の手紙を漁師のおじさんに渡したの。で、今、その漁師のおじさんの船に乗ってここまで来たんだけど――』

「セルゲイが立ち寄った港ってどこ？　ってか、イース、今どこにいるんだ？」

亮が尋ねると、『逆探知しております』という情報部のチーフの声が間に入った。

『でね。そのおじさん、ここから北へ船を向かわせてるとこ。あたし、追いかけるから』

「追いかけるって、ちょっとイース。どこへ行くのかわからないのに」

「亮の言う通りだ、イース。手紙の宛先はベルゲルミルなのだろう？　巨人の本拠地へ乗り込むのは危険すぎる」

亮もフレイも止めたのだが、

『あ、お金がないわ。それに、もたもたしてるとおじさんの船を見失っちゃう。じゃあ、また』

イースはそう言って電話を切った。

「相変わらず無鉄砲なんだから」

神代の巨人との戦争でも、彼女は危険を顧みずに率先して斥候を務め、周囲を心配させていたが、一万年経《た》っても、この構図は変わらない。

『今の電話は、スコットランド、アラプール港からです』

情報部チーフの声に、フレイが電子ボードに地図を表示させた。

「アリとサクラが消息を絶《た》ったのが、リヴァプール。セルゲイが漁師に手紙を託したのはハンバー川河口の埠頭だろう。そして、セルゲイはそこに留まり、漁師はハンバー川からアラプールへ移動し、さらに北へ向かった――」

地図を確認しながら、フレイは画面を北へスクロールする。

「ベルゲルミルは船上で生活しているか、フェロー諸島か。その先のアイスランドにいるのか──。いずれにしろ、サクラはアリを連れてベルゲルミルのもとへ行ったのかもしれない」

誘拐の直接の理由が、何かの武器を起動するためであったとしても、アリはフレイや亮の動きを封じるための人質として活用できる。

「もしや、ベルゲルミルは大西洋中央海嶺を狙っているのでは……」

ヴァルが、低い声でつぶやいた。

彼によると、大西洋中央海嶺は、海洋プレートの裂け目で、そこからマグマが発生し、新しいプレートと地殻が生まれ、大規模な山脈を形成しているとのことだ。アイスランドはその一部だという。

「大西洋中央海嶺にグングニルを撃ち込めば、海底火山を噴火させることができます。火山活動は遙か過去のことではありません。一九六三年には、アイスランドの南に、スルツェイ──スルトの島という海底火山の爆発によってできた島があります」

「スルト……」

神代のラグナロクにおいて、世界を焼き滅ぼした巨人の名だ。終末の日、フレイはそのスルトと戦って絶命した。

「北欧神話のラグナロクの結末の部分──世界が火の海になり、海底に没し、新しい大地が生まれるという逸話に似ていることから名づけられました」

「それじゃあ……」

巨人はラグナロクの再現を謀《はか》っているのではなかったか。

「もしも、それと同じ現象が、もっと大規模に、大西洋中央海嶺全体で起こったとしたら――」

ヴァルが、地図上の北極海の西からアイスランド、大西洋の中央、南西インド洋までを人差し指でなぞる。その大きさに亮は驚愕した。大西洋中央海嶺の火山が一斉に爆発したら、厄災は地球全体に及ぶのではないだろうか。プレートが生まれる場所で異変が起これば、プレートが重なっている所で眠っているヨルムンガンドが目覚めてしまうかもしれない。

「短期的には、地震やそれにともなう津波が起きる。噴出物が堆積して島となった後も噴火を続ければ、降り注いだ火山灰で周辺地域の農作物は全滅、交通が麻痺《まひ》。長期的には、大量の火山灰が日光を遮断し、地球規模で寒冷化が起きるかもしれない」

フレイがヴァルの話を引き継いだ。

「三畳紀末の大量絶滅は、火山噴火が原因だと唱える学者もいます」

ヴァルが、フレイと亮を順に見た。巨人が望んでいるのは、人間の絶滅だ。

「大西洋中央海嶺を狙うなら、その後の火山噴火や津波を想定し、巨人は、人目につかない山の中に大規模なシェルターを設けるはずだ」

フレイは、「巨人の本拠地はアイスランドだ」と、ジョン・スミスに命じて、プライベート・ジェットの手配をさせた。

フレイは、プライベート・ジェットをアイスランド南西に位置するケプラヴィークに向かわせた。

「グングニルを投げる場所として、アイスランド南端のエイヤフィヤトラヨークトル南麓が最も有力だが――」

アイスランドの人口密度は低い。その少ない人口も都市部に集中し、アイスランド南部には小さな集落が点在するだけだ。いきなりジェット・ヘリで乗りつければ、巨人に気づかれる恐れがある――というフレイの意見で、プライベート・ジェットをケプラヴィーク国際空港に着陸させ、あとは車で移動することになったのである。プライベート・ジェットをしてきたスコットランドのアラプール港からアイスランドまで、船で丸一日かかる。ジェット機ならロンドンからでも三時間で行けるので、時間の余裕はある。移動中にアリの手がかりを捜すこともできる。

「アイスランドの天気、よくないのかな」

亮は、人口が少ないというアイスランドを眺めようと、ジェット機の窓から外を見下ろしたが、眼下にはただ雲が広がるばかりで、海も陸も見えない。

「今から吹雪《ふぶき》になるらしい」

「吹雪!?」

妖精の姿の時のイースは、風に弱い。軽いので、吹き飛ばされてしまうのである。船に潜んでいる間はいいが、漁師が陸に上がってしまったら、吹雪の中を妖精の姿のままで跡を追うのは難しい。かといって漁師のポケットに潜んでいるのも危険だし、人間の姿では目立ちすぎる。

天気予報の通り、ケプラヴィーク国際空港に降り立った時には、風に乗って雪が舞い始めていた。

空港の駐車場にはすでに、ビスコップ社製の軽装輪装甲車――ダクスが待っていた。ケプラヴィークから東に五十キロほどの所にある首都レイキャヴィークに、ヨーロッパ・ビスコップの出張所があり、ジョン・スミスが手配して、そこから届けさせたのである。

車の中には、予備のガソリンや毛布、非常食や飲み物も積んであった。

駐車場を出ると、フレイはジョン・スミスに指示して、アイスランド西南の漁港グリンダヴィークにダクスを向かわせた。時ごとに風と雪が強くなっていく。

「すごい吹雪になったね」

軍用車両として開発されたダクスは、横殴りの雪の中でも難なく進んだが、全く見通しが利《き》かない。

対巨人情報部が監視衛星経由で付近の海を探っているが、レーダーには、何隻かの船が映っているものの、イースが乗っている漁船は特定できないとのことだった。

「フレイ、空を晴らすわけにはいかないの？」

亮は尋ねた。フレイの剣はエネルギーを吸収したり放出したりして物の温度を操る。それを応用して気圧を変えることで、雨雲を呼んだり、逆に雲を散らしたりできる。

「一時的に晴らすことはできるが、余計な真似をすると、他の地域の天候に影響が出る」

冬のアイスランドは、暖かい海で生まれた気団と極地方の気団がぶつかり、極東風や偏西風などと絡み合って、恒常的に気圧が低いという。無理に天気を変えようとすると、アリューシャン列島辺りにしわ寄せがくるらしい。入道雲を晴らすのとはわけが違うとのことだ。

対巨人情報部と連絡を取りながら、グリンダヴィークを皮切りに途中の町で、それとなくアリやサクラに関する情報を探る。しかし、有力な手がかりは得られなかった。

アイスランドの沿岸部を一周する国道一号線——通称リングロードを、さらに東へ進み、夜半にエイヤフィヤトラヨークトル付近まで来た。近くにホテルがなかったので、その日は車中で吹雪をやり過ごす。

（アリは今頃どうしているのか）

毛布にくるまり、亮はまんじりともせず、時が過ぎるのを待った。アリの手がかりが得られなかったことに、亮は少なからず落胆していた。セルゲイの手下は、アリは丁重に扱われていたと言っていたが、その言葉を鵜呑《うの》みにはできないし、どんな目的でサクラが連れ去ったのかもわからない。

（そもそもアイスランドに来ているのかどうかも、確かじゃないし……）

亮は、ウインドウ越しに外を眺める。外灯もないため、見えるのは車のスモールランプを照り返す雪片だけだ。それがひどく物寂しく感じられた。

（イースも、大丈夫かな……）

一万年もたった一人で、地下の氷穴で過ごしていたイースのことだから、心細いとは感じないだろうが、風は彼女の弱点だ。吹き飛ばされて何かにぶつかるかもしれないし、海に落ちるかもしれないなどと、いろいろ心配になる。

「眠れないのか？」

フレイに声をかけられた。

「君もだろ？」

亮は振り返って、微苦笑する。彼も眠っていないのを亮は知っていた。というより、誰の寝息も聞いていない。

「神代だったら、ここで一杯というところですが」

ヴァルが話に加わった。

「俺、まだ、未成年だもんな」

「何の憂いもなく、みなで集まって飲めたらいい。あの頃のように――」

溜息交じりに、フレイは言った。

「そうだね」

あの頃――。神代の、まだ巨人と戦争が始まる前の、平和な日々。

天を突く世界樹《ユグドラシル》。人間の国ミズガルズと、その都――神々の宮殿があるアースガルズを結ぶ虹の橋《ビフレスト》は、文字通り虹色の光を放っていた。

「遙かな昔のことだが、記憶が戻ってから日が浅いせいか、つい昨日のことのように思える」

「俺もだよ。前世の記憶を取り戻したばかりの時は、断片的だったけど、最近はかなりいろいろ思い出してきて、時々、ドクターをエリーって呼びそうになる」

「エリーでかまいませんよ」

ヴァルが淡い笑みを浮かべる。

「懐かしい。私と亮とエリーとイースと――」

最後の一人の名を、フレイは口にしなかった。

亮は言葉を継がなかった。ヴァルも何も言わなかった。

苦い思い出が、亮の思考を現代に引き戻す。

「アリとイースが無事でいてくれるといい」

おそらく、フレイもヴァルも、亮と同じ思考過程を辿《たど》ったのだろう。その後はみな無言で、ただ風の音だけを聞いていた。


対巨人情報部が、イースからの電話を告げてきたのは、翌日の午前八時過ぎだった。日本であればとっくに日が昇っている時刻だが、冬至を過ぎたばかりのアイスランドは、まだ闇に包まれていた。

『皆様の無線へおつなぎします』

情報部員の声の後に、『聞こえる?』と、疲れたようなイースの声が亮たちのイヤホンに届く。

「聞こえるよ。お前、大丈夫なのか?」

吹雪はまだ止まない。イースは難儀していることだろう。

『大丈夫よ……。今、ヘプンのガソリンスタンドにいるの』

「ヘプン⁉」

亮とヴァルが同時に聞き返し、フレイがタブレットに地図を表示する。ジョン・スミスはすでに車を発進させていた。

地図によると、ヘプンは、アイスランド南東部沿岸の街だ。ここから三百キロ近くあるだろうか。

小さい街だが、港も空港もある。

『漁師は手紙を持って氷河の方へ歩いて行ったんだけど、吹雪がすごくて見失っちゃって……』

ヘプンの北西には、アイスランド最大の氷河、ヴァトナヨークトル氷河が広がっている。

「漁師は、巨人だな」

人間は、こんな悪天候の中、徒歩で巨大氷河に向かったりはしない。

『風が収まったら捜しに行くつもりだけど、取りあえず連絡――』

「待て、イース」

亮とフレイの声が重なった。

「漁師の船は、まだヘプン港に泊まっているのか？」

フレイが尋ねた。

『ええ。泊まったままよ』

「ならば、そのままそこで待て。三時間後には到着する」

『でも、ベルゲルミルは、この近くにいるはず。もしもグングニルが届いていたら――』

「セルゲイからベルゲルミルに宛てた手紙には、決起の日時を変更してもらいたいという内容が含まれていたのだろう？　であれば、漁師は返信を持って、またセルゲイのもとへ戻るはずだ。つまり、今すぐにグングニルが投げられるわけではない。お前はそこで船を見張っていてくれ」

『……わかったわ』

イースとの通信を切ると、フレイは対巨人情報部に無線をつなげた。

「ヘプンの住民の出生証明や医療機関の記録をすべて調べ、巨人が交じっていないか確認しろ。また、対巨人戦闘部隊をヘプンに招集するのだ。こちらの動きに気づかれないよう、観光客を装い、時間差をつけてヘプンへ来るよう伝えてくれ」

無線が切れると「ヘプンには、僕の家があります。よかったら、拠点として使ってください」と、ヴァルが言った。

「アイスランド出身ってのは聞いてたけど、ヘプンだったんだ。すごい偶然だね、って、俺も似たようなものだけど」

現代のラグナロクは、今年の五月、日本で始まった。イースがハンマーを保管していたのも日本だ。

「今まで気に留めていなかったが、私がノルウェーの別邸——夏至祭りのパーティを催した館で生まれたのも、六月の事件とつながっていたのだろうか」

フレイが言った。

「これも、オーディンの術のうちなのかもしれませんね」

ヴァルは遠い目をして微苦笑した。

三章

ようやく肉眼でも周囲が見渡せる程度に明るくなったのは、午前十一時過ぎだった。

リングロードを右折し、左右に海を見ながら、砂州の上の道路を南へ下る。

間もなく、雪をかぶった人家の屋根が見えてきたが、一キロも進まないうちに、その家並みが途切れ、すぐに入り江に突き当たる。ヘプン港である。港には、十数隻の船が係留され、周囲にはいくつかの倉庫や工場らしき建物が並んでいるが、なかなか止まない吹雪《ふぶき》のせいか、人影はない。

「神代の、ヨトゥンヘイムとの国境の街のようだ」

荒涼としたその風景が、フレイに遠い過去を思い起こさせる。

「ええ。実際、ヘプンの前後百キロに集落はありませんし、この季節、レイキャヴィーク方面から車でヘプンへ来る観光客のほとんどは、ヴァトナヨークトル氷河が目当てなので、ヘプンよりも先へ行く人はほとんどいませんし」

ヴァトナヨークトル氷河の下は、いくつもの火山があり、過去に何度も火山噴火による氷河湖決壊洪水を起こしているため、氷河周辺に人は住めないという。

埠頭《ふとう》近くで、ジョン・スミスが車を駐《と》めた。真っ先に降りたのは亮《とおる》である。

「イースは？」

左右を見回していると、間もなく小さな黒い影が猛スピードで飛んできて、亮の胸にしがみついた。

「観光ガイドに、アイスランドは、メキシコ湾流と地熱の影響で温暖って書いてあったのにっ！」

甲高い声で叫ぶイースの頬は真っ赤《まっか》で、半泣きの顔だった。

「そりゃあ、緯度が高い割に、っていう意味だろ。今は冬なんだし、いくら火山地帯だからって、島全体がホカホカしてるわけないじゃないか。マグマまでの距離と土の熱伝導率を考えたら――」

「地学、赤点のくせにっ！　亮のばかっ！」

「何を怒ってるんだ？」

「吹雪の日にあんたの顔を見ると、腹が立つのっ！」

その言葉で、フレイはイースの怒りの理由に思い当たる。

「そうだな。吹雪は、あの日を思い出させる。トールがヨルムンガンドと戦った日を――」

トールの最期は、フレイの目にも鮮明に焼きついている。

凄まじい吹雪の中、大地を揺らして、あの怪物はやってきた。

黒光りする鋼色の鱗《うろこ》。胴の直径は二十メートル以上あり、その巨大な胴体は地平の彼方で吹雪に紛れ、長さは見当もつかなかった。大地のひずみに溜まったエネルギーに、巨人が意思を与えて兵器にした怪物――。

ヨルムンガンドには勝てないと、フレイは止めたが、トールは立ち向かった。結果、トールはヨルムンガンドを倒したものの、怪物の毒の息によって死んだ。

おそらく、イースも、漁師を追いかけている間は必死だったのだろうが、ここで亮の到着を待っている間に、思い出したのだろう。横殴りの雪の中、ハンマーを握りしめたまま、ゆっくりと倒れ伏すトールの姿を——。

「心配したのは俺の方だってのに。これじゃ逆だろ」

さっさと先に逝《い》った本人は、残されたイースの悲しみを知らない。ただ、おろおろとして「亮のばか」を連発するイースを両手で包みこむ。

「取りあえず、僕の家で吹雪をしのぎましょう。大したおもてなしはできませんが、蜂蜜酒《ミード》だけは飲み放題ですよ」

ヴァルの申し出に、イースがようやく機嫌を直す。

彼の生家は、港から数百メートルほど南の海岸沿いにあった。赤い三角屋根と白い窓枠の、かわいらしいデザインの家は、一般家庭の家屋としてはなかなかの大きさだ。

「父が漁師だったのです。僕が子どもの頃は、金融危機もあって経済的に大変でしたが」

「今では税金対策に追われているのだろう？」

乱獲を防ぐための資源管理政策が功を奏し、漁業の収益が上がりすぎて増税されたというニュースをフレイが聞いたのは、まだ父のもとで経営者としての研鑽を積んでいた頃のことだ。リチャードが言っていた「目先の利害に囚《とら》われず、先を見通す」ことで成果を得た典型例である。

「おかげで、今は両親ともレイキャヴィークで悠々自適の隠居生活を送っています」

しばらく無人だったので、ほこりっぽくて申し訳ありませんが——と、ヴァルが白く塗られたドアを開ける。

「ご両親がレイキャヴィークにいるなら、ちょっと寄って、顔を見せてあげればよかったのに」

コートを脱ぎながら、亮が言った。

「こんな時にそんな暢気《のんき》なことできません。それに、顔を合わせにくいんです。僕の記憶の混乱を父が誤解していて――」

ヴァルは笑っていたが、真実がわかるまで、彼自身も前世の記憶と現実との乖離《かいり》に相当苦しんだのではないかと、フレイはヴァルを痛ましく思う。

「ヴァルキュリアの生まれ変わりだなんて言っても、信じてもらえないだろうしね」

そう言いながら亮が窓辺に寄った。彼の視線を追って、フレイも窓の外に目をやると、ほぼ水平に薙《な》ぐ雪片の向こうに、荒れた海と厚く垂れ込めた灰色の雲が見えた。

「その窓から、ヘプン港に出入りする船が見えますよ」

ハンガーラックに、全員分のコートを掛けながらヴァルが言った。

「機材が到着したら、この窓に暗視カメラをつけさせてもらおう」

対巨人情報部がヘプン港の防犯カメラを監視しているが、数が少ない上に感度があまりよくないらしい。

「アリも、アイスランドにいるのかな。この吹雪の中、寒い思いをしていなけりゃいいけど」

荒れた海に目を留めたまま、亮がつぶやく。

「アリは暑さにも寒さにも強い」

半年、一緒に暮らしてみてわかったが、アリは神力を持つフレイ以上に体が丈夫だ。宝永《ほうえい》火口で生き埋めになった時や、ノルウェーの基地でコンクリートの下敷きになった時にも怪我《けが》をしなかった。

亮やヴァルとの出会いの場所にも居合わせた。その上、神代の遺物の気配にも敏感であることを考えると、過去世では、神と呼ばれた能力者だったのだろう。

(だが、いったい誰の生まれ変わりなのか)

フレイには、アリが神代において誰だったのか未《いま》だにわからない。亮やヴァルに初めて会った時は、どこかで見た顔だと思ったが、アリには見覚えがなかった。フレイ神としての記憶を取り戻した今も、それは同じだ。フレイがピートにされたように、薬や催眠術を使えば、アリも神代の記憶を取り戻せるかもしれないが、そんな危険は冒したくない。というよりも、フレイは心の底で、アリがいつまでも少年のままでいてくれることを願っていた。


その日、フレイは、ヴァルの家にこもり、対巨人情報部と連絡を取りながら監視カメラや武器の搬入などの手配をした。その間に、ヴァルが、信頼できる昔馴染《なじ》みに頼んで、アリやサクラ及び巨人の情報収集を行う。

ヘプンにフレイたちが来ていることを巨人が知れば、ベルゲルミルが逃走を図る恐れがある。すべては秘密裏に行わなくてはならない。

午後には、対巨人戦闘部隊の何名かが観光客を装ってヘプン入りし、港、空港等に、高感度カメラを設置した。対巨人用の武器は、ヨーロッパ・ビスコップが所有する貨物船の荷に紛れ込ませ、明日には届く予定だ。

夕刻、ヴァルの友人から電話があり、レストランやホテル、キャンプ場などを回ったが、この冬は、子ども連れのアジア系の観光客を見ていないとのことだった。ただし、ひと月ほど前に、地元住民ではない客が、数人やってきて、棚をさらうほど大量の食糧を買いこんだという。防犯カメラの録画は二週間しか保存されないため、その客たちの顔は判明しなかったが、皆、身長二メートル近くの巨漢だったという。ベルゲルミルの配下の巨人である可能性は高い。

有力な情報が得られたのは、戦闘員が監視カメラを設置するためにガソリンスタンドへ行った時だった。

「てっきり新しくホテルでも建つんだと思っていたんですがね」

チップを握らせると、ガソリンスタンドのオーナーはそう言ったという。

この夏に、大量の建設資材を運ぶトラックを何台も見かけたのだが、付近に新しい施設が建った様子はないとのことだ。

対巨人情報部の調査で、それらのトラックや建設資材を手配したのは、海運業者でありロシアン・マフィアの幹部でもあるセルゲイ・カホフスキーだと判明した。彼が巨人であることはすでにわかっている。ヘプンに搬入された資材は、さらに氷河の奥に運び込まれ、巨人の軍事施設の建設に使われたことは、ほぼ間違いない。

「この氷河のどこかに、巨人の王ベルゲルミルがいる」

フレイは、ようやく弱まってきた風雪を透かし、巨大なヴァトナヨークトル氷河を見やった。

その頃、亮とイースは、ベルゲルミル宛ての手紙を持った漁師を捜して、雪に覆われたヴァトナヨークトル氷河の斜面を駆け登っていた。

履いているのはアイゼンを装着したスノートレッキングシューズだったし、ベンチコートを着たままだったが、亮は、百メートルを九秒台のペースで登っていた。この俊足をもたらしているのは、トールの神力を増すベルトである。

「確かに、こっちの方へ行ったのよ」

妖精の姿のイースが、亮のベンチコートの襟の間から顔を出し、前方を指さす。

「何にも見あたらないんだけど……」

白い息を吐きながら、亮は、ビスコップが開発したゴーグル越しに、イースの指さす方向に目を凝《こ》らした。紫外線や赤外線も感知できる高感度カメラつき高性能ゴーグルだが、眼前には雪景色が広がるばかりで、建物どころか樹木の一本も見えない。漁師は徒歩だったというが、吹雪に消され、足跡もない。まだ午後三時を回ったばかりだったが、日は沈み、辺りには薄い闇が降りている。

「いったん戻ろう、イース。この先へ行くなら、スノーモービル借りなきゃ」

ゴーグルには可視光増幅装置もついている上に、位置情報も表示されるので、暗くなっても迷う恐れはないが、このまま、あてもなく走り回っても、無駄に時間を消費するだけである。

「長距離選手が、なに言ってるの。トール様の力帯を締めてるんだし、あんたなら――」

唐突に、イースが会話を止めた。赤紫の眼を見開いて、前方を凝視している。

「何か見つけたのか？」

彼女の視線を追ってみたが、相変わらずゴーグル越しに見えるのは雪ばかりで、何も見えない。

「何かが動いたような感じがしたの」

「行ってみよう」

亮はさらに足を速めた。ゴーグルに光点が映る。何かの温度を感知しているのだ。それが凄まじい勢いで、右へ移動した。この速さは人間ではない。巨人だとしても、これほど速くは動けない。

「ウサギか何かかな？」

「氷河にウサギなんか住んでるわけないでしょ。食べる物もないのに」

「じゃあ、いったい――」

そこで亮は、雪の上に、赤っぽい塊を発見した。正しくは、ゴーグルが感知したと言うべきだろう。景色に重なって、その塊までの距離が約一キロと表示される。先ほどの体温を持つものは、赤っぽい塊から走り去ったと思われた。塊に向かって走り、亮は愕然《がくぜん》と足を止める。

赤い塊に見えたのは内蔵を食い荒らされたヒツジだった。亮が驚いたのは、ヒツジの死骸があったからではない。その周囲の雪に、巨大な獣の足跡が残されていたからだ。

「この足跡……」

亮はひざまずき、指で触れて足跡の形を確かめる。肉球の跡だけ見れば、犬に似ている。しかし、その大きさが尋常ではない。セントバーナードでもここまでは大きくはないだろう。しかも、足跡は肉球だけでなく、深い切れ込みもあった。つまり、獣の足には鋭い爪がついていることを示している。

「食《く》われたのは野生のヒツジ、ってわけないよな。草も生えてないのに」

牧場で飼われているヒツジを、巨大な獣がくわえてきて、この氷河の上で食べたと考えるのが妥当だろう。何十キロもあるヒツジを運んでくるなど、そんな真似《まね》ができるのは――。

「フェンリルよ。ノルウェーの基地から逃げたやつら、アイスランドに来たんだわ」

亮の懐に入っていたイースが身を乗り出す。

五十頭あまりのフェンリルの餌を調達するのは難しい。フェンリルを放して、自ら獲物を捕らせているのかもしれない。だとすれば、巨人の本拠地がこの付近にあるはずだ。

「こちら亮、フェンリルの足跡を見つけた。追いかけてみる」

亮は、腕時計型ウェアラブル・コンピューターを操作して無線機を対巨人情報部につなげた。情報部からフレイに自動的に送信されるはずだし、こちらの位置情報も記録される。

亮は、ポケットからハンマーを出し、その柄《つか》を握りしめる。スマホサイズだったハンマーは、亮の手に合わせて巨大化した。巨人並みにタフなフェンリルさえも倒せるハンマーを手に、まだ新しそうな足跡を辿《たど》って、亮は再び雪の斜面を登り始めた。

しかし、五キロほど登ったところで、その足跡は唐突に途切れた。吹雪は完全に止み、足跡を消す要素は何一つないというのに。

「きっと、跡をつけられないように、足跡を消したんだわ。巨人のアジトが近い証拠よ」

イースも飛び立ち、辺りを捜して回る。

いくつもの火山の上にできたというヴァトナヨークトル氷河は、かなりの起伏があり、地平の彼方まで一望できるわけではないが、それでもこの付近には洞窟などの身を隠せる場所はなさそうだ。

ゴーグルにも生き物の存在を示す光点は映っていない。

「いったいどこへ……」

人も獣も、生きるものは氷河には住めない。亮は冷たい雪原を見渡し、神代、人は死ぬと極寒の地下世界、ニヴルヘイムへ行くと信じられていたことを思い出していた。


対巨人情報部から、くだんの漁師が、ヘプン港に現れたと知らせてきたのは、翌日の早朝だった。知らせを聞いて、ベッドから飛び起きた亮は、その場で着替えながら監視カメラのモニターに見入る。漁師は自分が乗ってきた漁船に給油していた。

『ご指示通り、漁船には隠しカメラ兼盗聴器をしかけておきました。漁船の所有者は、アイスランドではイサク・ヨウンソン、イギリスではアイザック・ジョンソンの名で双方に登録されておりました。登録は、どちらも今年の七月に行われております。なお、アイザック・ジョンソンは、七月以前は、セルゲイ・カホフスキーが経営する船会社の船員でした』

「あの漁師は、セルゲイの手駒だったんだ」

「セルゲイは今どこにいるのだ？」

フレイが尋ねた。

『まだハンバー川におります』

「アイザックが手紙の返事を持って、セルゲイのもとへ戻る可能性があるな」

セルゲイは、グングニルを送ったことと、決起の日時の変更を手紙でベルゲルミルに頼んでいた。その返事も、盗聴やハッキングを恐れ、手紙で送られるのではないだろうか。

「一応、アイザックを調べてみるわ。彼が手紙の返事を持っているようなら、盗み見てくるから。ところで、隠しカメラ兼盗聴器ってどこにつけたの？」

イースが妖精に姿を変えた。

『操舵《そうだ》室の裏の壁面です。船の乗降が監視できる位置につけました。形はボルトですが、中央に小さなレンズがついているので、見分けられると思います』

「私たちは行けないが――」

巨人は神の生まれ変わりを見分ける。フレイたちがヘプンにいることをアイザックが知れば、ベルゲルミルが逃走する恐れがある。ベルゲルミルとの交渉や身柄確保の準備が調っていない今は、こちらの動きを巨人たちに知られたくない。

「無茶するなよ」

亮が声をかけると、「大丈夫よ。任せておいて」と、彼女は、軽く笑って飛び立った。

遙《はる》かな過去、イースはラグナロクを生き延び、トールのハンマーとベルト、グローブを持って日本へ逃げおおせた。また、一昨日もセルゲイの手紙を盗み見、漁師を追って、巨人の本拠地がヴァトナヨークトル氷河のどこかであることも突き止めた。だから、今回も難なくベルゲルミルの返信内容を盗み見て来られるだろうと、亮もフレイも信じていた。

まさか、彼女が戻って来られなくなるとは思わずに――。

❇❇❇

（さてと――、手紙のお返事は、やっぱりポケットかしら）

ヘプン港に到着したイースは、倉庫の屋根に留まり、漁師アイザックの様子を窺《うかが》う。給油を終えた彼は、係船柱から綱を外していた。

（ここで幻術をかけるわけにはいかないし……）

漁師が船に乗り込んだ。

（取りあえず着いていきましょ）

イースは倉庫の屋根から飛び立ち、彼が操舵室のドアを閉める直前に、中へ飛び込む。

（運転している間に、居眠りでもしてくれれば――）

漁師の足下の暗がりに身を潜め、彼の表情を窺った。幸い、イースの侵入に気づかなかったようだ。

鼻歌交じりで船のエンジンをかけている。

船が桟橋から離れた。

昨日ほどではないが、海は荒れていた。それでも漁師は平然と外洋へ乗り出していく。時化《しけ》ている方が、密航がばれた時に、潮に流されたと言い訳ができるので都合がいいのだろう。

漁師はなかなか居眠りをしてくれなかった。やがて東の水平線が白み始める。

（このままじゃ、イギリスまで行っちゃうわ）

手紙がセルゲイに渡り、彼が開封したところを盗み見てもいいのだが、そうなった場合、アイスランドへ戻るのに手間がかかってしまう。

（右を見ても左を見ても海だし、五分ぐらい時間がずれても、きっと気づかないわよね）

イースは、右手を突き出し、手の平を漁師に向けた。その手の平から白い靄《もや》を生み出す。靄は揺らめきながら上昇し、漁師の顔を覆った。彼の目が焦点を失う。

イースは、漁師の足下から飛び立ち、彼の眼前でホバリングした。彼の目は相変わらず虚《うつ》ろで、イースをとらえてはいない。完璧に術に陥ったようだ。

「アイザック、もしくはイサク。あなた、巨人の王ベルゲルミルの手紙を持っている？」

「……持っている」

虚ろな声で、漁師はうなずいた。

「ここに出しなさい」

イースが命ずると、彼は舵《かじ》から手を放し、ジャケットの内ポケットから封書を取り出した。セルゲイがベルゲルミルに宛てた時と同じく、宛名も差出人も書かれていない。

「開封して。糊《のり》づけされたところをナイフで丁寧に剝がすのよ。封を開けたことがわからないように」

彼は、ポケットから折りたたみナイフを取り出し、イースの言いつけ通り、封筒の糊を剝がしていく。広げられた便せんを見て、イースは「やっぱり――」とつぶやいた。

予想通り、中身はベルゲルミルからセルゲイに宛てた返信だった。

――グングニルは受け取った。大晦日《おおみそか》の午前〇時に決行する。

そんな内容が書かれている。大晦日というと、あと五日だ。

「決行って、具体的に何をするの？」

「……わからない。知らない」

術にかかっている時には、嘘《うそ》は言えない。本当に知らないのだろう。

「じゃあ、巨人の王ベルゲルミルは、どこにいるの？」

「ヴァトナヨークトル氷河の要塞……」

「要塞の入り口はどこ？」

「匂いがする場所」

「なるほど、うまい方法ね」

巨人の嗅覚は犬並だ。何も目印がない氷の世界でも、巨人だけは要塞の入り口を探し当てられる。

「封筒を元通りに糊づけして」

イースは命じた。糊づけ作業が終わると、封筒もナイフも糊も、すべて元の位置に戻させ、さらに、操舵室のドアを開けさせる。

「いいこと。このドアが閉まったら、あたしを見たことも自分が今やったことも、すべて忘れるのよ」

漁師にそう言い聞かせ、イースは操舵室を出てドアを閉めた。窓越しに様子をうかがうと、彼は目を瞬いて、軽く頭を振っていた。その後は何事もなかったように舵を握る。

（うまくいったわ）

イースは、操舵室の裏へ回り、隠しカメラ兼盗聴器を捜した。壁面にはいくつものボルトが並び、さすが精鋭の仕事だけあって、一見しただけではどれが隠しカメラ兼盗聴器なのかわからない。

「あったあった」

ようやく、極小のレンズがついているボルトを発見し、その前でホバリングする。

「フレイ、亮、聞こえる？　やっぱりベルゲルミルからの返事を持っていたわ。グングニルはすでにベルゲルミルが受け取っていて、大晦日の午前○時に決行ですって。決行の内容は漁師も知らないって。あたしは、今からそっちへ戻ろうと――」

隠しカメラに向かって囁《ささや》くようにそこまで言って、イースは背後に気配を感じ、振り返るよりも早く、その場から飛び立った。

しかし、飛んだ先に、男の手の平があった。急旋回を試みたが、間に合わない。

「きゃあ！」

体を、わしづかみにされ、身動きが取れなくなった。

「離してよ！」

イースは両腕をこじるようにして、漁師の手から逃れようともがく。しかし、巨人の膂力《りょりょく》に敵《かな》うはずもない。

漁師は、握りしめたイースを目の高さに掲げ、「一万年の間、トールのハンマーを守っていた妖精がいると、話には聞いていたが――」と、まじまじ見つめた。

「いつの間にか航路を外れていたので、おかしいと思ったのだ。妖精は幻術を使うそうだが、お前、俺に幻術をかけたのか？」

その問いに、イースは答えず、ただ睨《にら》みつけた。セルゲイの使い走りをやっているような巨人に捕まったことが悔しくてならなかった。

「俺から何を聞き出した？」

もちろん答えない。

「いつから俺の船に乗っていた。ヘプンか？　アラプールか？　それともハンバー川か？」

イースは返事の代わりに、唇を引き結んで、ぷいと横を向く。

「答えろ！」

漁師が、イースを握った手に力をこめた。息ができないほど締め上げられ、イースは声にならない悲鳴を上げる。

「俺に幻術をかけて、何を探った!?　トールやフレイは何をどこまで知っているのだ!!」

漁師は苛立《いらだ》たしげに喚《わめ》いた。

（……隠しカメラに気づいていないんだわ……）

視界には、ちかちかと星が飛んでいたが、イースは唇の端をつり上げて笑った。

その表情が気に入らなかったらしく、漁師は歯を剝いて、さらに手に力を込めた。イースの視界が暗くなっていく。

「……俺が、ヘプンへ行ったことを、トールやフレイは知っているのか？」

ふいに、体にかかる圧力が緩み、イースは喉を鳴らして息を継いだ。見れば、漁師も息を荒らげ、この寒風の中、額に汗を浮かせている。

（自分のせいで、巨人の本拠地がヴァトナヨークトル氷河にあることがバレたんじゃないかって恐れてるわけね）

巨人の組織は、任務を失敗した者を許さない。人数が少ないくせに、どうして同族の命を尊ばないのか。馬鹿すぎる。それはともかく、すでに亮やフレイが、ヘプンで捜査網を敷いていることに、巨人は気づいていないらしい。これは、巨人の洞察力が足りないせいではなく、フレイの手腕によるものだろう。それなら、そう思わせておくのが得策である。

「あんたがヘプンへ行ったことは、まだ知らせてないわ。電話したかったけど、アイスランドで使えるお金を持ってなかったから」

イースがそう言うと、漁師が安堵《あんど》の吐息をつく。こんなに簡単に騙《だま》されるなんて、本当に頭が悪い。

「それで、俺に幻術をかけて、何を知った？」

自分にどんな責任を問われるか、彼はそればかりを気にしている。

「さあね」

「正直に言わなければ殺す。俺が巨人だと、いつ、どうやって知った？　ミスター・カホフスキーがコマンダーだと知って、見張っていたのか⁉　そうだな、そうに決まってる。でなけりゃ、お前がこの船に乗ってるわけがない！」

同族からの制裁を恐れているのだろう、見開いた目は血走り、唇が震えている。

「もう一度だけ訊く。俺から何を探った？　トールとフレイは何をどこまで知っている？」

イースは堅く口を引き結んだまま、頭を振った。絶対に答えてなんかやるものか――と、そう決めていた。

「お前は最後の妖精だそうだな。お前が死ねば、種が滅ぶ。それでもいいのか？」

「見くびらないで！」

思わず怒鳴った。こんな愚かな巨人と言い争うのはエネルギーの無駄だと思っていたが、一族が滅ぼされた時のことを思い出し、我慢できなくなった。

「そうよ！　あたしは最後の妖精よ！　だからって自分の命が惜しいなんて思ったことないわ！　あたしは、あのラグナロクを生き延びて、一万年の間、トール様のハンマーや力帯や手袋を守り抜いてきたのよ！　あんたの脅しなんか、全然怖くない！　ハンマーが亮の手に渡った時点で、あたしの役目は終わったんだもの。ここで死んだって構わない！」

妖精族は滅んだ。つがう相手もいない。自分だけが生きていても妖精族の命は未来につながらない。

「拷問にかければいい！　太古の巨人らがやったように、妖精を殺して楽しめばいい！　あんたたちは、ほんとに最低の怪物だわ！」

漁師は一瞬ひるんだような表情を見せたが、

「どんなに強がろうが、お前の生死を支配しているのは、この俺だ」

と、気味の悪い笑みを浮かべた。残忍な優越感に浸っているのだろう。

「望み通りにしてやろう」

彼は、舌なめずりし、じわりじわりとイースを握る手に、少しずつ力を加えていった。

＊＊＊

「イース！　イース！」

ヴァルの家のリビングで、亮は隠しカメラのモニターに向かって叫んだ。

――グングニルはすでにベルゲルミルが受け取っていて、大晦日の午前〇時に決行ですって。決行の内容は漁師も知らないって。あたしは、今からそっちへ戻ろうと――。

そこまで言って、モニターから彼女の姿が消えた。

その後、モニターに映っていたのは、漁師の後ろ姿だけで、何が起こったのか、会話から推し量ることしかできないが、最後に巨人は、何かを海に捨てるような動作をした。それきりイースの声は聞こえない。

「まさか、イース……嘘だろ……」

亮は、隣で一緒にモニターを見ていたフレイに向き直った。

「フレイ！　船を――船を出してくれ！」

「船は……出せない」

沈痛な表情で、フレイは緩く頭を振る。

「なんで!?　イースが海に投げ込まれたかもしれないんだよ！　助けに行かなきゃ！」

「駄目だ」

「情報部が人工衛星を使って船を監視してるんだろ⁉　潮の流れとか計算すれば、イースがどの辺りにいるかわかるはずだ！」

「派手に動けば、私たちがヘプンに来ていることを巨人に気づかれてしまう。イースと漁師アイザックの会話を聞いていただろう。イースは、私たちがヘプンにいることを隠し通した。彼女の努力を無駄にはできない」

「なら、俺たちじゃなくて、誰かに頼んでくれ。ビスコップ家の力を使えば、ダイバーの手配だってできるだろう？」

「どこに巨人の目が光っているかわからない。沿岸警備隊に巨人が交じっている可能性もある」

「何か方法があるはずだ。イースは羽が濡《ぬ》れたら飛べないのを知ってるだろ？　急がなきゃ、遠くへ流される」

亮はフレイに詰め寄ったが、彼は答えなかった。

「フレイ、まさか……助ける気がないんじゃ……」

「諦めてくれ。亮」

「……諦めろだと？」

亮の心の中に、救助に行っても無駄かもしれないという漠然とした不安があった。けれど亮はそれを認めたくなかったし、誰にも言われたくなかった。イースは生きている。だから助けが必要なのだと、どうしても思いたかった。

「異種族のイースが——仲間を滅ぼされて、たった一人になった彼女が、命を張って人間のために尽くしてきたのに、見捨てるっていうのか！」

思わずフレイにつかみかかろうとし、ジョン・スミスとヴァルに押さえられた。

「亮……イースが生きているのなら、人質にされるはずです。投げ捨てられたのは、きっと——」

最も恐れていた言葉に、亮のこめかみがカッと熱くなる。

「そんなはずない！」

思いっきり、ジョン・スミスとヴァルを突き飛ばした。二人が壁にぶつかって倒れたことにも構わず、亮は再びフレイに迫り、彼の胸ぐらをつかむ。

「俺一人でも捜しに行く！　船を貸せ！」

「貸せない。巨人に気づかれる」

「ならいい！　もう頼まない！　その辺の漁船を乗っ取る！」

乱暴にフレイから手を放し、部屋を出て行こうとすると、背後から肩をつかまれた。

「いい加減にしろ！　亮！」

無理に振り向かされた次の瞬間、ゴッ！　と、重い衝撃が亮の顎に響く。

「私が救助に行きたくないとでも思っているのか！」

勢いよく尻餅をついた亮の頭上に、フレイの怒声が降ってきた。唇が切れたのか、口の中に生温かいものが広がり、錆《さ》びた鉄のような匂いが鼻をつく。見上げると、普段は怜悧《れいり》なフレイの目が、つり上がっていた。

「私たちの使命は、現代のラグナロクを止めることだ！　今、巨人に私たちの存在を気づかれれば、ベルゲルミルはグングニルを持って逃亡を謀《はか》る！　私たちに向けてグングニルが撃ち込まれるかもしれない！　お前の死を、世界の滅びを、イースが望んでいると思うか⁉」

「フレイ……」

「頭を冷やせ。最強のトール神が、私ごときに殴り倒されるようでは、この先の戦いが危ぶまれる」

フレイは低く冷厳な声音でそう言うと、さっと踵《きびす》を返し、足早に部屋を出て行った。

「亮様、どうか若君のお気持ちもお察しください」

亮に突き飛ばされて、膝をついていたジョン・スミスが、慌てて立ち上がり、主人のあとを追う。

（フレイの言うことはわかる……けど……）

亮は荒い息をついた。こめかみがまだ熱く、イースを捜しに行きたいという衝動を必死で抑える。

背後で、ヴァルが起き上がる気配がした。

「亮、僕も残念です。でも、助けに行ったところで、イースは――」

「言うな！」

ヴァルの言葉を遮り、亮は怒鳴った。

「何かの間違いだ……」

隠しカメラ兼盗聴器のモニターに駆け寄り、食い入るように見つめる。しかし、ディスプレイには無人のデッキが映っているだけで、イースの姿はない。

――ここで死んだって構わない！

――望み通りにしてやろう。

頭の中で、イースと漁師の声がぐるぐると渦巻く。

(イースが死ぬなんて……あり得ない……これは夢だ。悪い夢を見てるんだ……)

――巨人の陣営を探れと？　承知いたしました。このイースにお任せください。

――ヨルムンガンドは現在、ヴィーグリーズの西、三百里の位置にまで迫っております。

亮がトールだった時も、常にそばにいた。妖精の中でも特に幻術に秀でていたので、戦時下では間諜や斥候として使った。頼りになる部下であり、戦友だった。

――あんたみたいなモヤシが、トール様であるわけないわっ！

――いい加減、弟と妹を自立させないと、ブラコンに育ってあの子たちが結婚できなくなるわよ。

今年の五月、亮としてイースと暮らし始めてからは、彼女は妹のようでもあり親友でもあった。

トールがヨルムンガンドと戦って死んだ後、イースはハンマーとベルト、グローブを日本へ運んだという。神代の文明はヨーロッパにあったと思われるので、ユーラシア大陸を横断し、日本海を越えたことになる。

楽な旅ではなかったろう。巨人がトールの遺品を奪おうと追ってきたはずだ。いったい、どれだけの時間と労力を費やしたのか。

(そうだ……。イースは、俺に会うまで、このハンマーやベルトやグローブを守り切ったんだ。そんな簡単にやられるわけがない)

そんな希望にすがりついてみるものの、ヴァルの言うとおり、人質として価値のあるイースをアイザックが海に捨てたのは――。

（帰ってきてくれ、イース。俺は、お前に、まだ何も返してない……）

亮は、両手で顔をおおった。


「亮の様子はどうだ？」

フレイが二階へ上がると、ヴァルが廊下に立ち、半ば開いたドアから亮の寝室をのぞいていた。

「ずっと、あの調子です」

ヴァルが浅いため息をつく。見れば、亮はベッドの上で膝を抱え、悲痛な表情でタブレットを見つめていた。タブレットには、漁師アイザックの船に仕掛けた隠しカメラ兼盗聴器の記録がダウンロードしてある。亮は、イースとアイザックとの会話の場面を繰り返し再生していた。

隠しカメラには、アイザックが何かを投げる動作をしているが、肝心のイースは映っていない。亮は、何とかしてイースが生きている証拠を見つけ出したいのだろう。

「もう丸二日……。眠っていないようですし、何も食べていません」

「そうか」

眠れないのはフレイも同じだ。しかし、食事は無理にでも摂っている。いざという場面でスタミナ切れを起こすわけにはいかない。

「今はまだ無理でも、亮――トールなら自力で立ち上がれる」

「そうですね」

亮としての彼とのつきあいは浅いが、二人ともトールをよく知っていた。トールに比べ、亮は優しすぎるし、脆《もろ》いようにも思う。けれど芯の強さは変わらない。その時がくれば、きっと立ち直る。

だからこそ、オーディンは転生させる神の一人にトールを選んだのだ。

「今、情報部から、いくつか報告があると言ってきたのだが――」

「僕だけでも伺いましょう」

リビングへ下り、あらためて電子ボードを対巨人情報部に接続する。報告事項は大まかに分けて三点あるとのことだった。

『一つ目は、巨人の要塞の位置に関する報告です』

ボードに、ヘプン周辺の地図が表示され、それに重なって赤い線と青い線が描き込まれる。

『赤いラインは、既存の街頭防犯カメラと、我々が設置した隠しカメラのデータから、アイザックの足取りを記したもの、青いラインは、亮様とイース様がフェンリルの足跡を追って行かれた時の位置情報です。これらから推測すると、要塞はヘプンの南西、およそ三十キロのところにあると思われますが、かなり深い場所に建設されたらしく、衛星のセンサーには何も映りません。今、戦闘部隊員にその地点を調査させているところです。無線通信の使用についても確認中です』

「二つ目は？」

『セルゲイのクルーズ船が、ハンバー川を出ました』

船に仕掛けた隠しカメラや盗聴器によると、漁師アイザックは、妖精が漁船に乗っていたことには触れず、何食わぬ様子でセルゲイにベルゲルミルからの返信を手渡したという。セルゲイは、それから間もなく船を出港させたとのことだった。返信の内容がフレイたちに伝わっていることに気づいていないらしい。

『出港直前、セルゲイは、息のかかった観光会社に命じて、氷の洞窟探検ツアーと称したアイスランド旅行の広告を出させています。十二月二十九日――すなわち明後日に、アラプール出発という、あり得ない企画ですが、申し込みがすでに数件あり、その中には、コマンダーとしてリストアップされ、巨人であることが確認された人物も含まれています。それが三点目のご報告です』

「決行は大晦日――。それまでに巨人たちを要塞に集合させるつもりなのだな」

フレイのつぶやきに、「ラグナロクの再現ですね」と、ヴァルがうなずく。

おそらくベルゲルミルは、オーディンの槍グングニルを、大晦日の午前〇時に、地球の裂け目とも言える大西洋中央海嶺へ撃ち込む。

北欧神話では、スルトが世界を焼き尽くした後、洪水によって大地は海中に没し、海の水が引いた後の、緑豊かな土地に、生き残った神々が住まうことになっている。ベルゲルミルは、その結末を書き換えるつもりなのだろう。

「巨人の要塞は、グングニルによって起こされる海底火山の噴火や、それにともなう地震や津波に絶えられるシェルターとしての機能を持っているのだろうな」

「あるいは、方舟《はこぶね》」

ヴァルはノアの方舟を想像したのだろう。巨人の人口は二千足らず。大型のクルーズ船一隻に乗り切れる。そういえば、セルゲイは海運業者だ。

しかし、こちらからは要塞を攻撃できない。

要塞があるのはヴァトナヨークトル氷河の中だ。この巨大氷河の下は大西洋中央海嶺につながる火山地帯である。亮がハンマーを要塞へ打ち込めば、火山を刺激して噴火を誘発する可能性がある。火山が噴火すれば氷河が溶けて、氷河湖決壊洪水が起こり、周辺の街が水没してしまう。火山が噴火しないまでも、氷層崩壊は免れない。

「考えたな、ベルゲルミル」

フレイは自嘲気味に笑った。要塞に侵入して、グングニルを奪い返す以外に、この厄災を防ぐ方法はない。

「アリとサクラの行方はつかめたのか？」

『いいえ。リヴァプールから出港したと仮定して、距離と時間を計算し、アイスランドを含めて該当する港の防犯カメラの映像を顔認識にかけておりますが、まだ発見できません』

「わかった。引き続き捜索してくれ」

通信を切り、フレイは電子ボードに表示されたままの地図を縮小し、大西洋全体を見直す。

（人質として誘拐したのではなかったのか？）

アリをフレイや亮に対する盾にするつもりなら、その旨をこちらに伝えてもいい頃だ。人質は、その存在を敵に知らせなければ役には立たない。

（今から、人質に取ったと言ってくるのか。それともアリにはそれ以外の利用価値があるのだろうか）

アリは何者なのか？　――これまでも度々感じてきた疑問が、ここでまた頭をもたげてきた。

翌日から、ヘプン空港に例年の倍以上の観光客が降り立つようになった。

巨人が観光客に交じってヘプン入りしていることは間違いない。氷の洞窟探検ツアーの広告が、集合の合図だったのだろう。

「観光客すべての身元と宿泊先、及び今後の行き先を調べろ」

フレイは、対巨人情報部にそう指示し、ホテルには対巨人戦闘部隊を派遣して、客の体毛や皮膚片等を集めさせ、巨人鑑定キットを用いて巨人か否《いな》かを特定させた。

巨人と断定できた者の行動を追っていくと、到着した当日は、海辺へ出たり氷河を眺めたりして観光客らしい素振りをみせたが、翌日、ホテルをチェックアウトすると、レンタカーあるいは徒歩で氷河の奥へ消えていった。それを、監視衛星や隠しカメラで注意深く追跡し、対巨人情報部は、要塞の出入り口の場所を探し当てた。

出入り口は全部で四カ所あるが、すべて雪と氷とでカモフラージュされ、扉の開閉システムがわからないとのことだった。そこで、フレイはノルウェーで捕らえた巨人たちから得た虹彩《こうさい》や指掌紋《ししょうもん》、声紋等のデータからサンプルを作らせ、あらゆる認証装置に対応できるように準備をさせた。

十二月三十日には、「氷の洞窟探検ツアー」のクルーズ船がヘプン港沖に停泊した。船客は小舟でヘプン入りし、氷河へ足を踏み入れる。その中にはセルゲイ本人も含まれていた。

『我々が調査を始めて以降、要塞へ入った者は、これで一八三三名になります』

隠しカメラのモニターには、ぞろぞろと氷河を歩く人々が映っていた。女性も子どもも老人もいる。

その映像を見つめたまま、ヴァルがゴクリと喉を鳴らす。

「とうとう、世界中の巨人が、要塞に集まったのですね……」

「そうだな」

巨人の総人口は二千足らず。ノルウェーの基地から脱走して逃げ込んだ者も含め、調査捜索を始める前から要塞で暮らしていた者もいることを考えれば、数は合う。

『この人数の巨人を相手にグングニルを奪うのは……』

若い情報部員は不安そうだった。

対巨人戦闘部隊は、この半年で五十名しか増えていない。身長五メートルの人外のものと戦える技術と胆力を兼ね備え、秘密を厳守し、絶対に上官の指示に従う等の誠実さを併せ持っている者は数が少ない。そのような優秀な戦闘員は、すでに他の組織において重要な任務を担っているため、引き抜きが難しかったのだ。

フレイの秘書兼護衛――ジョン・スミスたちもヘプンに集合している。みなフレイの護衛が務まるよう厳しい訓練を受け、ほとんどが軍に籍を置いた経験を持つ。とはいえ、その数は二十名だ。

つまり、七十名という寡兵《かへい》で、約二千名の不死身に近い体と、素手で人間の手足を引きちぎる膂力を持つ巨人に立ち向かわなければならないのだ。

「心配はいらない。巨人の中にも非戦闘員はいる。それに、戦う場所は要塞内に限られている」

若い情報部員は人数の差を恐れていたが、逆にフレイは巨人が要塞に集まるのを待っていた。

フレイの脳裏には、神代のラグナロクにおける最後の戦場、ウィーグリーズの原野の光景が映っていた。身を隠す場所もない原野で、陣形は崩れ、兵力は分散し、結局、神々と巨人や怪物との一騎打ちになった。それが敗因の一つだ。

しかし、すべての巨人が要塞内にいるのであれば、打つ手はいくつかある。一般人への被害も抑えられる。

「要塞内との通信は可能になったか?」

『ご指示通り、無線通信の暗号の解読は済んでおります。ロボットカメラも送り込み、わかる範囲で要塞の見取り図も作成しました』

「巨人が全員要塞へ入ったら、知らせてくれ」

フレイは、そう言って電子ボードに背を向け、亮の寝室へ向かった。

「亮、巨人の王ベルゲルミルと交渉しようと思う」

フレイに声をかけられ、ベッドの上で膝を抱えていた亮は、のろのろと顔を上げた。

彼が何を言っているのか、理解するまでに、二呼吸ほどの時間がかかった。頭の中で、イースが漁師と交わした声ばかりが響き、うまく思考が働かない。

よほどひどい顔をしていたらしく、フレイに「来られるか?」と、痛ましげに訊《き》かれた。

「……大丈夫だ。行く」

ベッドから下り、取りあえずバスルームで顔を洗う。

（しっかりしろ、俺）

亮は、自分に言い聞かせる。

仲間を失ったのは初めてではない。遙かな神代、トールだった時にも、戦場で部下を失い、戦友を失った。その悲しみと、守り切れなかった自分への憤りも、それらの感情を憎しみに変えて巨人にぶつけていたことも憶えている。

けれど、亮としての十七年間の人生が、あまりにも平和で、幸せで、心がふやけてしまったのだ。

イースが特別な存在だったこともある。

――あたしは、あのラグナロクを生き延びて、一万年の間、トール様のハンマーや力帯や手袋を守り抜いてきたのよ！

亮は顔を上げ、鏡の中の自分を見る。目は赤く腫《は》れ、頬がこけていた。

（俺は、現代の人間たちを守るために生まれ変わった。イースが、俺のハンマーを守り続けたのは、この時のためだったのに――）

あまりに情けない自分の顔に腹が立ち、思わず鏡に拳《こぶし》を打ちつける。鏡面にひびが入り、顔がいくつにも分かれて見えた。

バスルームを出ると、フレイはまだそこで待っていてくれた。

「悪い、待たせた」

亮がそう言うと、フレイは微《かす》かな笑みを浮かべ、無言で先に立って歩き出した。

『要塞内のノートパソコンの一つに侵入しました。内蔵ウェブカメラの操作も可能です』

電子ボードに要塞内の映像が映る。そこはただ広いばかりの部屋で、調度類は何一つなく、男ばかりが数名、所在なさげにうろうろと歩き回っていた。

「接続してくれ」

フレイは電子ボードのカメラの前に立った。

ここがヴァルの家だとわからないよう、背後にはパーティションが置かれ、カメラには外の景色も部屋の内装も写らないようにしてある。亮とヴァル、ジョン・スミスは、パーティションの横で、フレイの交渉を見守ることになっていた。

「聞こえるか」

フレイの声に、男たちがギョッとした様子で、パソコンを振り向いた。

「私はフレイ・ロバート・ビスコップだ。巨人の王、ベルゲルミルと話がしたい」

パソコンが遠隔操作されるとは思ってもいなかったのだろう。彼らはうろたえた様子で、ある者はキーボードを叩き、ある者は、慌ててフレイのコンタクトを知らせに出て行った。

やがて老人が画面に現れ、「王に取り次ぐ。そのまま待たれよ」と、パソコンの蓋を閉じた。

次に画面に現れたのは、中世の城を思わせる石造りの部屋だった。中央には岩を削って作ったような椅子が据えられ、椅子の脚や肘掛けはコンドルやドラゴンの装飾がなされている。

その椅子には、灰色の髭《ひげ》を胸まで垂らした初老の男が腰掛けていた。身長五メートルの、巨人の本性を現していることは、画面の端に、スーツ姿の男が小さく映っていることでわかる。

彼は、頭に黒光りする冠をかぶっていた。帆布のような厚い生地で作られたチュニックと緩いズボンを身につけ、脚には革ゲートルを巻いている。神代の巨人が好んでいた服装だ。

『余がベルゲルミルである。お前がフレイ神の生まれ変わりか』

地鳴りのような声で、男が言った。

「そうだ」

フレイが答えると、『噂《うわさ》以上の美しさだ。このような機械越しではなく、実物に会いたかったの』と、彼は、美術品でも愛《め》でるような陶然とした眼差《まなざ》しを送って寄越《よこ》した。まったく動揺した様子もない。何も恐れていないのか、それとも置かれた状況を理解していないのか。

『この要塞の位置を知られるとは思わなんだ。優れているのは容姿だけではないようだな。余に何の用だ？』

「和睦したい」

『和睦？』

「私には、巨人族全員に、生きる場所を提供する用意がある。巨人として生きたいと願うならば、人里離れた場所に、巨人だけの街をつくることもできる。人間の社会で生きたいと願う者がいるならば、身分の保障もする。代わりに、今後一切、人間に危害を加えないと約束してもらいたい」

半分は亮の代弁である。神代からの永きにわたる確執が、巨人の人間に対する恨みを根深いものにしている様は、ノルウェーの基地で目にしている。こんな条件でベルゲルミルが和睦に応じるとは、フレイには思えない。

『よく言うわ』

案の定、ベルゲルミルは声を立てて笑った。その哄笑はしばらく続き、控えていた他の巨人さえも唖然《あぜん》としていた。

『貴様ら人間の言うことは信用できない。まして、神とおごり高ぶっていた者たちの生まれ変わりではな』

彼は、笑いを収めると、身を乗り出して歯を剝《む》く。

『遠い過去、貴様らが巨人に何をしたか知っているか？ オーディンは、巨人の始祖ユミルを殺した。アースガルズの城壁を巨人に作らせ、報酬を踏み倒したばかりか、トールに殺させた。トールは大釜を手に入れるためだけに、巨人ヒュミルを謀《たばか》り、大勢の巨人を殺したのだぞ』

パーティションの横で、亮がぴくりと身を震わせた。違う、と叫びたいのをこらえているのだろう。

「北欧神話には、確かにそういったエピソードもあるが、事実とは少し異なる」

フレイは言った。巨人の寿命は百年前後だ。世代交代の間に、自分たちに都合のいいように伝承がねじ曲げられたのだろう。水掛け論は避けたいが、せめてトールの名誉は守りたい。

『余には、遙かな過去の記憶はないが、貴様のその言葉を鵜呑《うの》みにする気もない』

「私の提案は真実だ。共存したい」

『我らの望みは、人間を討ち滅ぼし、この地上を巨人のものにすることだ。こそこそ隠れて生きるつもりはない』

「巨人族の中にも、戦いを避けたいと願っている者がいるはずだ」

『そのような者は誰一人としておらぬ』

ベルゲルミルはきっぱりと言い放ち、「そんなはずは……」と、亮がつぶやいた。その声をマイクが拾ったのだろう。

『巨人の誇りを捨てた者は、もはや巨人族ではない』

彼は、不快そうに唇の端を歪《ゆが》めた。

人間との共存を望んだ巨人は、みな処刑されてしまったのかもしれない。現に、人間として生きたいと言っていた巨人のコリンは、アリを助けようとしてピートに殺された。

「では、あくまで戦うと？」

『受けて立つ用意はある』

ベルゲルミルは鼻で笑った。グングニルを手に入れたことから生まれた自信だろう。

『どうせ、お前たちは、この要塞に手は出さぬだろうが――。かつての文明を焼き尽くしたレーヴァテインで火をかけることも、トールのハンマーで打ち砕くこともできぬと、わかっているはずだ』

それをすれば、氷層崩壊による氷河湖決壊洪水が起こる。周辺の街は水没し、大勢の人間が被害に遭《あ》う。やはり、ベルゲルミルはそれを狙って、ヴァトナヨークトル氷河に要塞を設けたのだ。

「籠城するつもりなのか？　巨人は限りなく不死身に近いが、食べられなければ餓死するのだろう？　太古の人間と巨人との戦の発端は、食糧問題だったことを私は憶《おぼ》えている。十分な食糧があれば、争う必要はないはずだ。農場を造ってもいい。生産が軌道に乗るまでは、食糧も提供する。できるだけの支援はする」

パソコンのマイクが、微かなどよめきを拾った。フレイの提案に心を動かされた巨人が、何名かいるのだろう。

「ベルゲルミル、お前は、神話のラグナロクの結末を変えたいと願っているのだろうが、実際には大洪水の後に、緑豊かな大地など現れない。海底火山の噴火でできた島——スルツェイに植物が生えるまでに何年かかったか、知っているだろう？　人類が滅ぶほどの災厄は、他の動植物にも大打撃を与える。食糧危機は、巨人族をも襲うのだぞ」

フレイはさらにたたみかけた。他の巨人たちがざわめき、ベルゲルミルが『黙れ』と一喝する。

『我々は狩人《かりゅうど》だ。しかも、脆弱《ぜいじゃく》な人間とは異なり、氷雪に覆われた極地でも熱帯の密林でも、地上のあらゆる場所へ狩りに行ける。人間さえいなければ、十分な獲物が手に入る』

ベルゲルミルは、スルツェイに関して否定しなかった。予想通り、ベルゲルミルはグングニルを大西洋中央海嶺に撃ち込み、海底火山を噴火させるつもりなのだろう。

『たとえ未来が苦難に満ちていようとも、我らは恐れぬ！　人間の施しは断じて受けぬ！』

彼は語気も荒く、画面越しにフレイを睨み据える。その眼光に、これ以上、何を言っても彼の決意はかわらないと、フレイは悟った。

「最後に、訊きたい。アリとサクラはそこにいるのか？」

フレイの問いに、ベルゲルミルの片眉が一瞬、跳ねた。その名に心当たりがあるのだろう。

しかし、その後は表情を変えることもなく、『誰のことを言っておるのかな』と、しらばっくれた。

アリは要塞にいないのか、いたとしても、人質として使う気がないのか。

(だが、それでは何のために?)

疑問は残るが、深く追求すれば、巨人に余計な警戒心を抱かせ、要塞の警備が堅くなってしまう。

「本日午後九時まで待つ。気が変わったら連絡してくれ」

『無駄だ、我々は本意を翻さぬ』

ベルゲルミルはそう言って、手の平を軽く振った。途端に電子ボードの画面が黒くなる。接続されたノートパソコンの蓋が閉じられたのだろう。その画面の闇が、フレイにはひどく陰鬱に感じられた。


「聞いた通りだ」

フレイは、亮とヴァルに視線を移す。ヴァルは少し青ざめていたが、それほど大きな衝撃を受けた様子はなかった。一方の亮は、悲痛な目をして、唇を震わせている。

最初の言葉が見つからず、フレイはソファに腰掛け、大きく息を吐いた。ベルゲルミルの返答は、すべてフレイの予想通りだったが、願い通りではなかった。亮の気持ちを考えると気が重い。

「九時まで待って、ベルゲルミルが和睦に応じなければ、予定通り要塞へ潜入し、アリの捜索を兼ねて、グングニルを奪い返す」

亮とヴァルが座るのを待って、フレイは言った。

「九時以前に、グングニルが投げられてしまわないでしょうか?」

尋ねたのはジョン・スミスだった。

「その場合の作戦も立ててあるが、私たちの真の狙いがグングニルであることにベルゲルミルは気づいていない。計画を繰り上げることはないだろう」

こちらがハンマーで攻撃できないことを知っているベルゲルミルは、フレイが剣で要塞の出入り口を凍らせ、兵糧攻めに出ると考えているはずだ。今頃は、食糧の補給だけでなく、出入り口の補強や抜け穴の造成、投擲《とうてき》場所の確保等に奔走しているだろう、というのがフレイの推測である。

「グングニル奪還の具体的な方法だが――」

フレイはそこで言葉を切った。あらゆる状況を想定し、すでに何通りもの作戦を立ててある。しかし、それを口にするのは躊躇《ためら》われた。どの方法をとっても、最後は巨人の死体の山が築かれてしまうからだ。

要因となっているのは、巨人の不死身性だ。巨人は、傷を負っても数分で回復し、反撃してくる。容赦はできない。

また、フレイたちがグングニルを奪えば、ベルゲルミルは怒りに任せて、フェンリルを街へ解き放つかもしれない。配下の巨人たちを従え、要塞を出て大虐殺を繰り広げる可能性もある。

それを避けるためにも、最も効率的な方法は、要塞内での巨人の殲滅《せんめつ》だ。

「助けなきゃ……人間とともに生きようと思っている巨人を」

フレイの躊躇《ちゅうちょ》の理由に、亮は気づいたようだ。神代、雷神トールは、大勢の部下を率いて転戦を繰り返し、豊穣神としてアースガルズで祭祀を執《と》り行っていたフレイよりも、数多くの戦闘を経験している。グングニルを奪い返すにあたり、亮もフレイと同じことを考えたのだろう。

「ベルゲルミルは自分に従わない者を処刑してきたんだ。でも、人間との共存を願っている巨人が、まだいるはず。きっと、罰が怖くて言い出せないだけだ」

亮は、強く握った拳を震わせ、見開いた目を怒りに血走らせていた。任務を失敗した咎《とが》で家族ともども処刑された川本《かわもと》や、アリを助けてピートに殺されたコリンを思い出しているのだろう。亮は、共存を望んでいたコリンの告白を聞いているし、彼の死に顔も見ている。

「俺だって、人間を害する巨人には手加減しない。グングニルを投げようとする巨人がいたら容赦なく倒す。でも、ベルゲルミルに無理矢理従わされてる巨人まで殺せない」

「ベルゲルミルの意向が巨人の総意ではないことは、私もわかっている。だが、どうやって助けるべき巨人を選《よ》り分ける？」

フレイは、海色の眼で亮を見つめた。

「ノルウェーで巨人を生け捕ることができたのは、巨人が三十名に満たなかったことと、戦闘の場が屋外で、戦闘員が捕獲ネットを使うスペースが確保できたからだ」

当時は、対巨人戦闘部隊に、回転弾倉式グレネードランチャーとネットランチャーを携帯させた。グレネードランチャーから発射される擲弾《てきだん》は、巨人の不死身性が細胞の驚異的な再生速度にあることを踏まえて開発されたもので、心臓に命中すれば巨人に致命傷を与えられる。巨人は即死しなければ、数分で回復してしまうため、瞬時に拘束できるネットランチャーを持たせた。

現在はその二つの武器に加えて、新たに開発した神経毒を仕込んだ戦闘用ナイフを持たせている。その毒を塗ったクロスボウや吹き矢を使う戦闘員もいる。しかし、神経毒によって巨人を麻痺《まひ》させておけるのは、ほんの数分である。限られた空間で、二千名近い巨人を生け捕るのは不可能だ。戦闘員は不死身ではない。

「要塞の外で戦うわけにはいかない。近隣の住民が巻き込まれる。まずは人間の安全が第一だ」

「わかってる。けど、最初にベルゲルミルを倒せれば――」

「ベルゲルミルと同じ考えの巨人は大勢いる。新しい王が同じことをする」

フレイは、六月に巨人に拉致され、彼らの人間に対する恨みの深さを目《ま》の当たりにした。その後、捕らえた巨人たちを尋問する中で、彼らの信条や思想、価値観は変わらないことを知った。

「おそらく、女性も子どもも刃向かってくる。現代の巨人も神代と変わらない。平和主義者はほんの一握りだ」

「だからって――」

「巨人は裏切り者を許さない。次々に襲ってくる二千名近くの巨人たちの中から、どうやって人間に友好的な者を選り分け、他の巨人の攻撃から守ればいいのだ？　人間は憎むべき敵だと洗脳された者に対しては、どうすればいい？」

亮を見つめたまま、いつしか、フレイは自分に問いかけていた。亮も黙り込み、苦渋に満ちた表情でフレイの視線から逃れる。

――我らは命を投げだし、我らの世界が滅ぶままにしよう。だが、我らが死んだ後、悪《あ》しきものが生きながらえぬよう、最後まで戦い抜こう。

遙かな過去、最後の出陣に先立って、オーディンはそう言って神々や人間の戦士を鼓舞した。

神々の王は、自分たちが死に絶《た》えることを知っていてなお、巨人を倒す道を選んだ。フレイやトールに転生の術をかけたのは、巨人の厄災から人間を守るためだ。

「ラグナロクは――愚かな我の咎《とが》だ」

重い沈黙を破ったのはヴァルだった。フレイも亮も、顔を上げ、ヴァルを振り向く。

「オーディンの言葉です。私たちに転生の術をかけた時の」

「オーディンが、自分の咎だと？」

「豊かさを奪い合うのではなく、与え合って幸福を得られるように、とも言っていました」

「では、ドクターは、共存の道を探れと？」

フレイの問いに、ヴァルは緩く頭を振る。

「語部《かたりべ》として、オーディンの言葉を伝えただけです。僕自身に決定権はありません。ただ、あなた方は、生きるための戦をすべきかと――」

透き通った緑の眼は、少し悲しげで、それでも力強い光をたたえていた。

フレイは、心に渦巻いている様々な感情を、すべて押し殺し、封印する。アリを救ってくれた心優しい巨人コリンの笑顔も、神代、自分に嫁《とつ》いできた美しい女巨人との思い出も。

「私たちの使命は人間を守ることだ。まずは、グングニルの奪還を最優先とする」

共存を望む巨人も、洗脳された巨人も、救えるものなら救ってやりたい。こんな解決方法が最善だとも思っていない。だが、グングニルは神代の武器の中でも最も威力のあるオーディンの槍だ。

ベルゲルミルが巨人を要塞に集めたのは、これが最後の戦いだと覚悟を決めているからだろう。彼らは死にものぐるいで刃向かってくる。

「先鋒《せんぽう》は私が務める。首尾よくグングニルを奪えたら、速《すみ》やかに脱出を図り、要塞を外から凍らせ、生き残った巨人たちを閉じ込める。アリの所在が不明、あるいは所在がわかっても救出できなかった場合は、あらためて交渉する」

「でも、それじゃ……」

亮が瞠目《どうもく》する。再度降伏を呼びかけたとしても、ベルゲルミルのあの様子では、兵糧攻めには屈しない。投降も許さないだろう。餓死を選ぶか、すべての巨人を道連れに自害する。

「アリが要塞にいないことが確認され、且《か》つ、グングニルが奪えなかった場合は、いったん退《ひ》き、要塞に水を流し込む」

この戦いには互いの種族の存亡がかかっている。失敗は許されない。

「どの道、巨人を滅ぼすのか」

亮がうつむいて唇を噛《か》む。

「罪は――私が背負う」

「巨人と神々との戦いにおいて、お前がどちらに味方するかで勝敗が決まる――という予言が、遠い昔から巨人族の間で言い伝えられていることを知っておるか？」

ベルゲルミルは尋ねた。

「知っている。だから、ここへ来た」

答える彼は、ベルゲルミルよりも長身で、しなやかな美しい肢体《したい》をしていた。しかし、発する気配は、岩のような体軀《たいく》の巨人の王を凌《しの》ぐほど強い。

「それで、お前はどちらに味方するのだ？」

「言うまでもない」

彼は、長い睫《まつげ》を伏せ、微《かす》かな笑みを浮かべる。

「そうか。ならば――」

ベルゲルミルもまた微笑し、グングニルを手に、玉座から立ち上がった。

❋❋❋

暗い空には重い雲が垂れ込め、風が吹きすさんでいた。氷河の表面から雪片が舞い上がり、散っていく。滑らかな氷河の両岸は、切り立った崖だった。ごつごつとした岩の表面は、真っ白く雪に覆われている。

その氷河を、亮《とおる》は、ビスコップ・グループが開発した光学迷彩服を身につけ、フレイとヴァル、十五名の対巨人戦闘部隊、二十名のジョン・スミスとともに無言で歩いていた。周囲の色に同化する特殊繊維を用いた光学迷彩服は、今は氷河に合わせて、みな白く色を変えている。

亮は、腰にトールの神力を高めるベルトを巻き、手にはハンマーを受け止めるための鋼のグローブをはめていた。フレイは剣帯を着《つ》け、二本の剣を佩《は》いている。フレイ神の魔剣とスルトの剣レーヴァテインである。

戦闘員とジョン・スミスたちは、回転弾倉式グレネードランチャーを抱え、腰にネットランチャーを下げている。クロスボウを手に、矢筒《クウィバー》を背負っている者もいた。毒を仕込んだナイフは、折りたたんでベルトに装着してある。治療担当のヴァルが、護身用に持っているのも、それと同じナイフだ。

暗視装置つきのゴーグルには、それら戦闘員たちの姿と位置情報が示されるばかりで、他の生き物の気配はしない。辺りは風の音に支配され、スノーブーツに装着したアイゼンが雪を踏む音も耳に届かない。

ゴーグルに示されている気温はマイナス五度。光学迷彩服は保温に優れていたが、風のために体感温度はさらに低いはずだ。けれど、その寒さは亮の意識にのぼらない。

――我らの望みは、人間を討ち滅ぼし、この地上を巨人のものにすることだ。

――生きるための戦をすべきかと。

――罪は、私が背負う。

耳の奥に、ベルゲルミルや、ヴァル、フレイの声が繰り返し蘇《よみがえ》る。

怒っているのか、悲しんでいるのか、自分にもわからない。胸の辺りが重苦しくて不快だった。

（仕方がない）

亮は、何度も自分に言い聞かせる。フレイは最善の策を立てた。約束の午後九時が迫っていたが、未《いま》だにベルゲルミルから返事はない。戦いを選んだのは巨人の方だ。

（イースがいれば、ベルゲルミルや幹部クラスの巨人に幻術をかけて、降伏させられたかもしれないのに……）

長時間にわたって大勢の巨人に幻術をかけ続けるのは難しいが、彼女がいれば、死ななくていい巨人を助けられたかもしれない。そう思うと、いっそう憤りと寂しさが募ってくる。

いつしか周囲は、凍りついた河から、雪をかぶったいくつもの峰が連なる景色に変わっていた。

『あと一キロほどで、要塞の東の出入り口です』

イヤホンから対巨人情報部のチーフの声がした。ゴーグルに地図が表示され、現在地と目的地の座標が示される。要塞の出入り口は、右手の氷で覆われた丘の中腹にあるらしい。

『出入り口付近に、三名の人影があります。三名とも身長は二メートル前後』

観光客ではあり得ない。巨人だ。

亮たちは、一列になって丘の斜面に沿って進む。風下からの接近は作戦のうちだ。高額迷彩服は匂いが漏れない作りになっているが、巨人の五感は人間を遙《はる》かに凌駕《りょうが》する。油断はできない。

やがて、ゴーグルに三名の人影が映る。彼らはスコップを使って、丘の中腹の氷を掘り広げていた。

その穴の脇には大きな袋が積まれ、鉄骨や断熱材などが転がっている。

積まれている袋の中身は凍結防止剤かもしれない。出入り口を二重三重に囲って、フレイが要塞を凍らせた場合に備えているのだろう。そんなことでは——というよりも、どんな方法を用いてもフレイの剣から生まれる冷気を防ぐことはできないのだが、現代の巨人はフレイの真の力を知らない。

『二班、西の入り口に到着しました』

対巨人戦闘部隊隊長の声がイヤホンに届く。亮たち一班は東の出入り口から潜入し、隊長が率いる二班三十五名は、西の出入り口から入り、巨人を陽動することになっている。派手に騒ぎを起こして、巨人たちの注意を引きつけ、亮たちの潜入を容易にするためだ。

『午後九時です。ベルゲルミルからの交信はありません』

情報部チーフが、約束の時刻を告げた。

「作戦開始」

フレイの指示で、亮たちはザッと雪を蹴った。

（戦うしかないのか……）

口の中にこみ上げてきた苦いものを飲み込み、亮は走りながらポケットからハンマーを出して、柄《つか》を握りしめた。スマホ程度の大きさだったハンマーが、亮の手に合わせて大きくなる。

人間の気配に気づいたのか、三名の巨人たちが同時に振り返った。

亮たちは無言で雪上を駆け、およそ五百メートルの距離を一気に詰めていく。最も俊足の亮は、左から大きく回り込んで、巨人たちの北側へ向かい、フレイは直線を走って南側、その隙間を戦闘員とジョン・スミスたちが円弧状に囲みながら巨人に迫った。

「なんだと――」

巨人たちは、亮とフレイを交互に振り返る。フレイ神の生まれ変わりは、どこか離れた場所にいて、要塞の出入り口を凍らせるのだと思い込んでいたのだろう、彼らは一様に目を丸くしていた。

一方で、亮も驚いていた。一番手前の巨人に見覚えがあったからだ。

『亮、北側にいる巨人は――』

イヤホン越しに、フレイの驚きも伝わってくる。彼も気づいたらしい。

「ああ。わかってる。あいつは、イースを海に捨てた漁師、アイザックだ」

隠しカメラの録画を何百回も見た。忘れたくても忘れられない、イースの仇――。

今まで感じていた胸苦しさに、熱さが加わった。大声で喚《わめ》きたくなるのを必死でこらえ、亮はアイザックに向かって走りながら、ハンマーを振り上げる。

彼は恐怖に引きつった顔で亮を凝視し、次の瞬間には、持っていたスコップを放り出して、自分が掘り広げていた穴の奥へ逃げ込もうとした。

(逃がさない)

走りながら亮はハンマーを放った。使ったのは右手首の力だけである。今は大きな音を立てるわけにはいかないし、本気で投げれば、要塞ごと破壊して氷河湖決壊洪水を誘発する恐れがあるからだが、一番の理由は、アイザックを生かしておきたかったからだ。彼に聞かなければならないことがある。

ハンマーが回転しながら弧を描き、穴の中へ飛び込んだアイザックを追う。骨が砕ける音と同時に短い悲鳴が聞こえた。亮は、穴へ駆け込みながら、戻ってきたハンマーをキャッチする。見れば、漁師は背中に血を滲《にじ》ませ、うつぶせに倒れていた。

そばに駆け寄り、襟首をつかんで仰向かせ、鼻と口を左の手の平で覆って押さえつける。さらに片膝を彼のみぞおちについて体重をかけた。巨人は凄まじい膂力《りょりょく》を持つが、トールのベルトを巻いている時の亮は、巨人に負けない。

左手で彼の鼻と口を覆ったまま、亮は右手に持ったハンマーで彼のこめかみをぐりぐりと抉《えぐ》る。

「漁師のアイザックだな」

自分でも驚くほど恐ろしげな声が出た。彼は怯《おび》えた眼差《まなざ》しで亮を見つめ、がくがくと顔を縦に揺らした。うなずいたつもりなのだろう。

「お前の船に妖精が乗っていただろう？　彼女をどうした？」

彼はしばし目を見張り、やがて力なく視線をそらす。あきらめたような、ふてぶてしい表情だ。

亮は、「大声を出すなよ」と前置き、アイザックの顔から手を離した。

「海に投げた……」

亮の凝視を避け、彼は弱々しい声で言った。

「殺したのか？」

その問いに、アイザックはなかなか答えなかった。亮は彼のみぞおちに膝をついたまま、胸ぐらをつかんで、手前に引く。そんなことをしても巨人は痛みを感じないが、苛立《いらだ》ちが募ってきて、そうせずにはいられなかったのだ。

「言えよ。イースを殺したのか」

怒鳴りたいのを我慢して、亮は再び尋ねた。アイザックの口元が、嘲《あざけ》るような形に歪《ゆが》む。

「そうだ。殺した。この手で——」

それを聞いた瞬間、亮の頭の中で何かが弾けた。こめかみがひどく熱く、息が荒くなっていく。そんな亮の様子にも気づかず、

「握りつぶしたのさ。あの細くて小さな虫を……。こう、ぐしゃりと」

彼は右手をかざし、ゆっくりと握った。

「なかなか、いい感触だった。小さくて、か弱い命が、この手の中で消えて行くというのは……」

どうせ殺されると、開き直ったのだろうか、彼は薄ら笑いを浮かべて、亮に視線を戻した。

残忍で酷薄なその目つきが、遙かな過去を思い起こさせた。

妖精を殺し、人間を殺し、神を殺した巨人たちも、同じ目をしていた。

膂力と不死身性を頼みに、狩りを生業としてきた巨人にとって、同族以外のものの命は、単なる獲物なのだ。中には、命を奪うことで快感を得ていた巨人もいた。まして戦であれば、その手を敵の血で染めるのは英雄の証だ。

それら巨人たちの足下には、手足を引きちぎられ、戦斧《せんぷ》で頭を割られた人間の亡骸《なきがら》が転がっていた。血を吸って赤黒く変色した大地。鼻をつく血の匂い。折れた御旗。哄笑《こうしょう》する巨人——。

それらの光景が、亮の脳裏にまざまざと蘇ってくる。

WINGS
2017.APR. 4
ウィングス
大人のための少女マンガ
2017.2.28 ON SALE
表紙・荒川 弘／ポスター・尚 月地
特別定価 予価：本体680円+税
—好評連載!!
尚 月地／つだみきよ／霜月かいり（原作・麻城ゆう＋道原かつみ）
碧也ぴんく／びっけ／糸井のぞ／なるしまゆり／草間さかえ
夏乃あゆみ／トジツキハジメ／松本 花【原案・毛利亘宏（少年社中）原作・井原西鶴】
獸木野生／小鬼36℃／街子マドカ／金色スイス／ミキマキ
カトリーヌあやこ／堀江蟹子／菅野 彰×南野ましろ
—シリーズ読み切り
雁 須磨子／りさり
特別付録
カラークリアしおり
荒川 弘、尚 月地
夏目イサク
つだみきよ
行ってきたぞ、日本学校農業クラブ全国大会in大阪!!!
「百姓貴族」
表紙&巻頭カラー!!
大人気の特濃☆農家エッセイ・コミック!!
荒川弘
知ってビックリ思わず爆笑の農あるあるがいっぱい!!
「一炊の三馬鹿」
チノク
素月の言葉を聞き、部屋を飛び出したルオは――!? ドタバタ中華風コメディ、ついに最終回!!
カラーつき!!
カラーつき!!
時を超えてシンクロする事象。だがこの光景は……!?
篠原烏童
「ファサードカリカチュア」
希望者みんなもらえる!
描き下ろしペーパー
篠原烏童
ウェブで展開する、もう一つのウィングス!!
ウェブマガジン ウィングス
池田 乾／押上美猫／桑田乃梨子／テクノサマタ
高嶋ひろみ／高橋冴未／金色スイス／藤たまき ほか
ウンポコweb
うぐいすみつる／藤生／まじこ ほか
http://www.shinshokan.com/webwings/
毎月28日更新!! [無料]

2月&3月発売のウィングス・ノヴェル

本好き女子のための、ドラマティック・ライトノベル!!
2,5,8,11月の10日発売
小説
WINGS
ウィングス
冬
2017年
大好評発売中!!
表紙・石据カチル　定価：本体710円+税
河上 朔×田倉トヲル
「ガーディアンズ・ガーディアン」
最終回・後篇
嬉野 君×カズアキ
「異人街シネマの料理人」
和泉統子×高星麻子
「帝都退魔伝〜虚の姫宮と真陰陽師、そして仮公爵〜」
村田 栞×鈴木康士
「オーディンの遺産」
C・S・パキャット
×倉花千夏
「叛獄の王子」
エッセイ
菅野 彰×藤たまき
「非常灯は消灯中」
コミック
杉乃 紘
平澤枝里子
ショートコミック
堀江蟹子
「QPingデリ」
TONO
「動物たれ流し」
カラーつき
麻城ゆう×道原かつみ
「人外ネゴシエーター」
津守時生×
麻々原絵里依
三千世界の鴉を殺し
巻頭カラー
最新刊文庫20巻も発売中!!
篠原美季×
石据カチル
琥珀のRiddle
表紙で登場!!
“テラメトン”に反応するリドルだったが……？
ヴィクトリアン・オカルト・ファンタジー!!

2月&3月発売のウィングス・コミックス

（守れなかった……）

人間の国ミズガルズと巨人の国ヨトゥンヘイムの国境は何百里にもわたり、間には、険しい山や荒い海が横たわっていた。巨人族の侵攻の報が入る度に、トールは馬を飛ばして、戦場を駆け巡った。それでも間に合わないこともあったし、どれほど奮戦しても勝てない戦もあった。巨人に比べて、人間の体はあまりにもろかった。

トールは、仲間を失った悲しみを、巨人への憎しみに変えた。そして今、亮の中で、イースを失った悲しみが、アイザックへの憎しみへと変わっていく。

「許さぬ！」

その叫びは、亮のものだったのか、トールのものだったのか。

ほとんど無意識のうちに亮はハンマーを振り上げた。アイザックの目に怯えが走る。その顔が亮を高揚させた。

（俺が罰を与えてやる！　イースを殺した罪は、死に値する！）

その時、思いもかけず、アイザックの顔の上に細身の剣の切っ先が差し出され、亮は振り下ろそうとした手を止めた。

「フレイ？」

亮は、剣の主を見上げた。ゴーグル越しに、海色の醒《さ》めた目が亮を見据えている。

「なんで止める？」

怒りが収まらず、亮は荒くなる息を調えようとして肩を震わせた。フレイの視線が、漁師に移る。

「一応は訊《き》こう。アイザック、人間として生きる意思はあるか？」

「……あ、ある。投降する。だから殺さないでくれ」

「トール、放してやれ」

フレイが〝亮〟ではなく、〝トール〟と呼んだことに、亮は気づかなかった。

「でも――」

巨人に一切の容赦はしないのではなかったのか。現に、他の二名の巨人は、すでに絶命している。一人はフレイの剣で首を斬《き》られ、もう一人は、眉間《みけん》に矢を突き立て、さらに胸に創傷がある。クロスボウの毒矢で麻痺《まひ》させられ、その後、フレイにとどめを刺されたのだろう。

なのになぜ、イースの仇《かたき》を放せと言うのか。

「投降すると言っている。放してやれ」

再び促され、亮は、怒りを収められないまま、漁師の胸ぐらをつかんでいた手を乱暴に突き放して、彼の上からどいた。

途端に、漁師は跳ねるように立ち上がり、穴の奥に向かって駆け出した。ハンマーで打たれた傷はすでに完治していたらしい。亮とフレイの来襲を知らせるつもりなのは明らかだった。

「あの野郎――」

亮がハンマーを構えるよりも早く、フレイが剣を投げた。フレイの魔剣は、持ち主の手を離れてもひとりでに動いて巨人を倒す――というのは、伝承で、実際にはフレイが念動力を使っている。

剣が、漁師の延髄から口までを貫いた。彼は声も立てずに、その場に突っ伏す。

亮は、憤然としてフレイを振り向いた。

「投降するなんて嘘《うそ》だって、見抜いていたんだろう？」

「嘘だろうと予想はしていたが、無理矢理に従わされているのか、念のために確かめた。他の二人の巨人にも一応、尋ねた」

フレイは、そう言いながら、宙を飛んで戻ってきた剣を受け取った。彼のあくまでも冷静な口調が、亮の高ぶりを鎮めていく。

（そうだった……処罰が怖くて王の言いなりになっているかもしれないと言ったのは俺だ……）

「要塞に入ったら、一人一人確かめている余裕はない。作戦通り、できるだけベルゲルミルに気づかれないよう、速やかに奥へ進む」

「ああ……わかってる」

西の出入り口では、二班の戦闘員が命を張って、巨人たちの注意を引きつけている。作戦を台無しにはできない。

「行こう」

フレイが先に立って穴の奥へ向かって歩き出した。亮はうつむいて、彼についていく。

「亮、おのれを見失うな」

こちらに背を向けたまま、フレイが言った。冷徹な声音の中に、痛ましげな響きが交じっている。

（フレイが、俺にアイザックを殺させなかったのは、俺にトールと同じ思いをさせないため……？）

戦いに身をやつし、数え切れないほどの戦功を打ち立てても、トールの心は荒《すさ》む一方だった。

怒りと悲しみばかりが募り、巨人を殺すことで、巨人への憎しみを愉悦に変えていった。そんな悦《よろこ》びが、心に平安をもたらすわけがない。そのことをフレイは知っている。

イースを失った悲しみや、漁師アイザックへの憤りを、巨人族への憎しみに変えてはだめだ。人間を守るためだといって、巨人族を殺すことを正当化したくもない。

「こんな戦争、正しくない。だから、終わらせる。トールじゃなくて、亮として——」

亮は、奥歯を嚙《か》みしめた。

そのつぶやきが、近くを歩いていたフレイやヴァル、ジョン・スミスや戦闘員にも聞こえてしまったらしい。百戦錬磨の戦士たちは、肩越しに振り返って、淡い笑みを浮かべ、小さくうなずいた。


トンネルの突き当たりは、金属製の扉だった。

ネットワークの乗っ取りを恐れて、監視カメラやインターフォン、生体認証装置を設置しないのはわかるが、なぜか鍵穴すらない。代わりに、扉の中央に、船の舵《かじ》に似たハンドルがついていた。

フレイが目配せし、戦闘員がそれに手をかけて回そうとした。しかし、ハンドルはびくともしない。

戦闘員が三人がかりで回そうとしたが、やはりハンドルは動かない。

「なるほど」

フレイが微苦笑する。対巨人情報部が認証装置の種類を探ろうとしても判明しないわけだ。巨人の膂力でなければ開かないようになっているのである。

「俺が開けるよ」

トールの神力を高めるベルトは、亮に巨人並の膂力を与えてくれる。グレネードランチャーで扉を破壊することもできるだろうが、陽動作戦遂行中の二班とは逆に、こちらは、できるだけ余計な音を立てない方がいい。

厚い金属製の扉を開けると、手前は狭い踊り場になっていて、その先は直径約五メートルの深い穴だった。吹き抜けというべきかもしれない。コンクリートの壁には金属製の板とパイプとで、狭い螺《ら》旋《せん》階段が設けられている。手すりもなく、足を踏み外せば奈落の底だ。

その吹き抜けにも、監視カメラは設置されていないようだった。警報器も鳴らないことが、かえって不気味だった。

フレイを先頭に、ジョン・スミスたち、ヴァル、戦闘員の順序で、階段を小走りに駆け下りていく。最後に亮が扉を閉じ、しんがりを務めた。

長い階段だった。対巨人情報部が作成した要塞の見取り図によると、深さは三百メートルにも及ぶという。

警報器も鳴らず、監視カメラもない理由は、間もなくわかった。

闇の奥、階段の先にうずくまっているものがいる。気配は感じられないが、ゴーグルがそれの体温を感知して、赤とオレンジで十数頭の巨大オオカミの存在を示していた。フェンリルだ。

番犬ならぬ番狼たちは、侵入者の存在に気づいているらしく、すべての目がこちらを向いていた。

フレイが階段を下りる速度を緩めた。両手に剣を提《さ》げ、間合いを計りながら、注意深くフェンリルに近づいていく。

戦闘部隊員とジョン・スミスたちが、毒を仕込んだナイフを握る。クロスボウを持っていた戦闘員は矢をつがえた。グレネードランチャーは使えない。音の問題もあるが、的を外せばこの縦穴が崩れる恐れがあるからだ。

フェンリルは巨人と同じく不死身に近い。レーヴァテインの炎に焼かれても死なない。フレイの剣は物の温度を自在に操れるが、急激な温度変化によりコンクリートが劣化する恐れもある。

つまり、地道に一頭ずつ倒していかなければならないのだ。

『不用意に動くな。叩き落とされたら命はない』

距離を三十メートルほどにまで詰めたところで、フレイが足を止めた。フェンリルが牙を剝《む》いて、うなり声を上げる。

対峙はほんの二呼吸ほどの時間だった。一番手前にいたフェンリルが、太い後ろ脚で階段を蹴り、大きく跳躍した。それを合図に、他のフェンリルも一斉に散る。馬ほどの体軀のオオカミは、向かい側の階段も足場にし、約三十メートルの高低差を数歩で駆け上がってきた。

フレイは、おのれの剣を一番手前のフェンリルに投げつけた。フレイの魔剣は主の手を離れると、自ら向きを変えてフェンリルの口腔《こうこう》に飛び込んだ。「ギャン」と、短い悲鳴を上げてのけぞったそれの背後から、もう一頭が現れ、鉤爪《かぎづめ》のついた前足をフレイに向かって伸ばす。彼は、そのフェンリルの首を、レーヴァテインで切り捨てた。

二頭のフェンリルは、吹き抜けの底に落ちていき、フレイの魔剣は主の手に戻る。そこへ三頭目が、向かいの壁を蹴って、フレイの頭上から襲ってきた。その顎に、レーヴァテインを突き刺しながら、階下から駆け上ってくる四頭目に魔剣を投げる。

一方の亮は、跳躍して向かいの階段へ飛び移り、自らフェンリルに向かっていった。ハンマーは狙ったものを外さないが、投げれば、戻ってくるまでに数秒かかる。その隙を作らないために、ハンマーを投げずに、手に持ったままフェンリルを打とうと考えたからだ。

常人であれば、約五メートルの距離を助走もなしで跳ぶのは無理だが、トールのベルトが、亮の筋力を数倍に高めていた。

跳躍しながら、正面から飛びかかってきたフェンリルの前脚を、左手につけた金属製のグローブで払い、横腹をハンマーで叩いて穴へ落とす。その時にはすでに次のフェンリルに狙いを定めていた。一旦、向かいの階段に着地し、体をひねりながら再び跳躍して、すれ違いざまにそのフェンリルの頭を打つ。視界の隅に入った別のフェンリルを、ハンマーで横殴りにし、階段を蹴って、次のフェンリルに襲いかかる。頭をハンマーで打とうとしたが、よけられた。そこで脚で蹴り落としたが、力が逃がされてしまったため、着地予定の階段に届かない。そこで亮は、左手を伸ばして階段に指を掛け、階下の階段に着地すると、すぐさま向かいの階段へ跳ね上がった。その脇を、クロスボウの矢が刺さったフェンリルが落ちていく。

「今のうちだ、進め」

すべてのフェンリルを倒すと、フレイは一気に階段を駆け下りた。階段の途中に引っかかっているフェンリルをまたぎ越えながら、戦闘員たちがその後に続く。

螺旋階段の終点もハンドルつきの金属製の扉だった。

「亮、扉を開けてくれ」

フレイの声に、最後尾にいた亮は、およそ二階分の高さから飛び降り、急いで扉のハンドルを回す。毒矢を撃ち込まれて昏倒していたフェンリルが、息を吹き返し始めていた。頭をもたげ、うなり声を上げている。

「急いで」

扉を開け、亮はフレイと戦闘員たちを通す。数頭のフェンリルが、階段から飛び降りてきた。迫る一頭の鼻面をハンマーで払い、中へ飛び込むと、素早く扉を閉める。

急停止できなかったフェンリルが扉に激突したらしく、騒々しい音を立てた。

中は、床も壁もコンクリートの長い廊下だった。幅も高さも人間用だ。明かりも監視カメラもない。陽動作戦が功を奏したらしく、巨人やフェンリルの姿もない。

『散れ』

フレイの指示で、亮たちは数名ずつに分かれて、暗く長い廊下を走る。目指すは武器庫だが、途中、アリが監禁されていないか、各部屋を確認することになっていた。

しかし武器庫へ集合した時点では、アリは発見できず、武器庫にグングニルはなかった。

陽動を指揮する二班の隊長によると、西の出入り口にベルゲルミルは来ていないという。グングニルらしき槍も見あたらないとのことだ。

『王の謁見室へ』

武器庫にグングニルがなかった場合は、謁見室へ行くことは事前に打ち合わせ済みだった。グングニルがベルゲルミルの手にある可能性は高い。要塞内にはベルゲルミルの私室もあるが、二班の陽動を受けて、謁見室で指示を出しているはずだ。

ゴーグルに映る見取り図に従い、謁見室へ向かう。アリを探しながら、しばらく進むうちに、天井の高さが十メートル近いホールにでた。ホール最奥にひときわ立派なつくりの巨大な扉が見える。巨人が本性を現しても通れる大きさの扉だ。ゴーグルに、謁見室の文字が示される。

戦闘部隊員とジョン・スミスたちがグレネードランチャーを構えて、扉を囲むように広がった。

『アリが盾にされている可能性がある。指示するまで撃つな』

そう命じながら、フレイは両手に剣を提げ、ドアの右の壁に背をつけた。亮はハンマーを手に、左の壁に背をつける。

耳を澄まして中の様子を窺《うかが》うと、微かに話し声が聞こえてきた。会話の内容はわからない。発する気配の違いから推測すると、十名はいるだろうか。

フレイが亮に視線を寄越《よこ》した。殺す覚悟はできているのか——と尋ねているのだろう。

亮はうなずいた。巨人の王を倒さなければ、この戦いは終わらない。

ドアノブに手をかけ、一気に引き開ける。

「動くな！」

亮とフレイは同時に謁見室へ飛び込み、愕然《がくぜん》と立ちすくんだ。後から入ってきたジョン・スミスや戦闘部隊員も息を呑む。

そこは、床も壁も石造りの大広間だった。巨人が本来の姿を現しても十分に動き回れる広さと高さがある。随所にかがり火が焚《た》かれ、その広い空間を朱色に照らしていた。昼間の、ベルゲルミルとの会談で、彼がいた部屋だ。

左右には、人間の姿のセルゲイを含めて、古めかしいチェーンメイルに身を包んだ男たちが控え、驚愕《きょうがく》の表情でこちらを見ていた。

正面の玉座のそばには、数十頭のフェンリルが寝そべっている。

しかし今、精緻な装飾が施された玉座に腰掛けているのはベルゲルミルではない。

「アリ――?」

巨大な玉座に、小さなアリが腰掛けている様は、何かの冗談のように、亮は思えた。

この要塞に囚《とら》われ、人質か、もしくは何かの武器の起動に必要なのだろうと推測はしていた。

しかし、なぜ彼が、巨人の王の座にいるのか。

「フレイ、亮、ドクター、待っていた」

左右色違いの目でこちらを見つめ、微笑《ほほえ》みながら、アリは母国語のポルトガル語で言った。

「なぜ、その椅子に座っているのだ?」

フレイは少し青ざめているが、声はいつも通り、冷静さを保っていた。

「ベルゲルミルと戦って倒したから」

「倒した⁉」

亮が知っているアリは、歳の割に子どもっぽくて、小さくて、痩せていて、とても巨人と戦えるような子ではない。それがベルゲルミルを——巨人族の中で最も強い王と戦って倒せるわけがない。

「知ってるでしょう？　巨人は強い者が上に立つ。王になりたい者は、王に戦いを挑んで勝てばいいんだ。私はベルゲルミルと戦って勝った。ベルゲルミルを幽閉して、私が王になった」

母国語のせいか、喋り方が、いつもよりもかなり流ちょうだ。しかも、今まで自分のことを「アリ」と、他人ごとのように言っていた彼が、「私」と一人称を使っている。

「王って……いったいどういうことなんだ」

亮にはわけがわからない。

「つまり、アリ、お前は、巨人だったのか？」

フレイが尋ねた。

「そう。私は巨人だ」

彼は静かにうなずく。

「アリが……巨人だった……？」

にわかには信じられず、亮は呆然と聞き返した。

「それじゃ、今まで、俺たちを騙《だま》して、人間のふりを——？」

亮の問いに、アリは「違う」と断言した。

「騙したのではない。自分でもわからなかった。けれど巨人だと気がついた」

「では、なぜ黙って出ていった？　何のために王に——」

フレイの問いかけに、「講和を結ぶためだろ？」と、亮は割り込んだ。

「ラグナロクを繰り返さないために、人間と共存するために、アリ、君は、王になったんだろ？」

祈るような気持ちで亮は尋ねた。

巨人の王の命令は絶対だ。アリが降伏すれば、これ以上血を流さずに、みんな平和に暮らせる。

彼は、冷ややかな表情で、足下でねそべるフェンリルや、セルゲイを始めとする巨人族の幹部を順に見やった。みな一様に険しい顔で、新王を睨《にら》んでいる。

「降伏はしない」

アリは頭を振った。

「なぜだよ？　アリ、脅されてるのか？」

「そうじゃない。予言を受けて、自分で決めた」

「予言って？」

亮は聞き返したが、アリが答える前に、フレイが「グングニルはどこにあるのだ？」と尋ねた。

彼はそれには答えず、巨大な玉座から飛び降りる。

ふいに、アリから不気味で凶暴な気配が発せられた。巨人が本性を現す前兆だ。

「嘘だろ……よせ、やめろ……アリ」

彼のシャツのボタンがはじけ飛ぶ様を見て、亮は震える声でつぶやいた。

小柄な彼の背が、見る間に伸びていく。シャツの肩口が裂け、ズボンがびりびりと音を立てて破れた。体の厚みが増し、手も足も身長に応じて長く太くなっていく。

「そんな……アリ……」

亮はフレイを振り返った。保護者のいないアリを手元に置いて、面倒をみてきたフレイは、亮よりも大きな衝撃を受けたに違いない。表情こそ変わっていなかったが、海色の眼を大きく瞠り、長い睫を震わせている。

アリに視線を戻し、本来の姿に戻った彼を見て、亮は、彼の突然の裏切りの理由にようやく思い当たった。

「そうか……だから」

亮もフレイもヴァルも、彼を知っていた。彼——と言うのは正しくないかもしれない。身長はおそらく六メートル近くあるだろう。巨人の中でも長身だった。筋肉は目立たず、中性的な均整の取れた肢体《したい》を持っていた。

茶色の巻き毛は長く伸び、肩まで垂れている。蠱惑《こわく》的な銀色の目、細い顎、柔らかそうな唇。神に等しい能力を持つ、半陰陽の巨人——ロキ。

アリは、オーディンと義兄弟の杯《さかずき》を交わしておきながら、ラグナロクでは神々に刃を向けたロキの生まれ変わりだったのだ。

五章

「ねえ、お母様。お父様とお話しをしている美しい神は、誰？」

トールが初めて彼を見たのは、まだ帯剣も許されないほど幼い頃のことだった。勉強に飽きて、窓から中庭を見下ろし、父であり神々の王であるオーディンと談笑しながらそぞろ歩く彼に気づいたのである。

身につけているのは男物の外衣だが、体つきが華奢《きゃしゃ》で、髭《ひげ》もない。女性が男装しているようにも見えるが、背が高すぎる。

「あの人は、ロキ。神ではないの。巨人なのよ」

答える母ヨルズの口調には、微《かす》かに侮蔑に似た感情が滲《にじ》んでいた。

「なぜ巨人が、この館に来たの？」

巨人は、遠い国に住む恐ろしい生き物で、巨人が人間の国ミズガルズに入ってこないように、父王オーディンが国境に長い城塁《じょうるい》を築いたとトールは教えられていた。

「ロキは、特別――そう、特別なのよ」

不快そうな母の表情が、妙に印象に残った。

二度目にロキに会ったのは、それから半年ほど後のことだ。

「もう少し！」

その時、トールは、木の枝に引っかかってしまった凧《たこ》を取ろうと、ジャンプを繰り返していた。勉強をさぼって、こっそり館を抜け出したため、大人に手助けを求めることもできない。木登りは得意だが、凧は枝の先に引っかかっているので、登って取るのは無理だ。

そこへ「取ってあげよう」と、白い手が伸びた。振り返って見上げ、手の主が、かの美しい巨人であることに気づく。

「ロキ？」

「おや、名を知ってくれているとは嬉しいな。君は、オーディンの息子、トールだね」

枝から外した凧を手渡しながら彼は笑った。不思議な魅力のある笑みに思わず見惚《みと》れる。

トールは、凧を取ってもらった礼を言い、ついでにかねてから疑問に思っていたことを尋ねてみる。

「お母様が、あなたは特別って言ってたんだ。何が特別なの？　なぜ巨人なのに神々の住まうアースガルズにいられるの？」

「さて、困ったな」と、ロキは軽く肩をすくめ、小首を傾げた。

「思い当たることはいくつかあるけど、一つは私がオーディンの古い友人で、遠い昔に、義兄弟の杯を交わしたからかな」

「ロキは、お父様の義兄弟なの？」

「そう、ある予言があってね。それで血盟を結んだ。互いの血を混ぜて、兄弟のようにずっと仲良くしようという約束のこと。アースガルズに出入りできるのは、それが理由」

「ふーん」

その時のトールは、予言の内容に興味もなかったし、父王とロキが結んだ血盟に、どれほどの意味があるのか、よく理解していなかった。

「一つは、ってことは、他にも特別なところがあるんでしょ?」

「そうだね。あとは、男にも女にもなれるとか、変装できるとか――」

ロキは、両手で顔を覆い、こちらを振り向いてパッと手を放した。

その顔が、しわくちゃの老婆に変わっていたので、トールは「わっ」と声を上げてのけぞった。

「び、びっくりした……」

「他にも、網を作るのが得意とか――」

彼はもとの顔に戻ると、手の平を前に突きだした。そこから、白い糸が生まれ、蜘蛛《くも》の巣のように編み上がっていく。

「うわあ」

青い空を背景に、白い網が広がっていく様を見上げ、トールは目を輝かせた。

「この網で、鳥や獣、魚を捕るんだ。普通、巨人は、こういう神の力を持たないから、君の母上は特別と言ったんじゃないかな」

「すごーい。ねえ、ロキ。今度、狩りに連れてって」

詩の暗唱や、算術なんかより、狩りの方がずっと楽しそうだ。

「私は構わないけれど、母上がお許しにはならないと思うよ」

「なんで？」

「私が巨人だから」

彼はそう言って、少し寂しげに笑った。


それからというもの、トールは機会がある度に、ロキについて回った。狩りや釣りをしたり、剣の稽古をつけてもらったりもした。

「巨人は滅多なことじゃ死なないんだ。火山の火口の中に住んでる一族もいてね」

彼の話はおもしろかったし、一緒にいるのは楽しかった。

母ヨルズはあまりいい顔をしなかったが、オーディンは気に留めなかった。むしろ、信頼している友に、自分の息子が懐いていく様子を、微笑《ほほえ》ましく思っているようにも見て取れた。

次第に、トールにとってロキはかけがえのない友人になっていた。


特殊な能力を持つゆえに民から神と崇《あが》められているが、アースガルズの神々は人間である。人間も巨人も年齢とともに老いる。しかし、神々だけは、永遠の若さを保っていた。女神イズンが製造する不老長寿の秘薬を定期的に摂《と》って、老化を止めていたからだ。

「トール、君もイズンのリンゴを食べる歳になったんだね。おめでとう」

トールの成人を祝う宴席で、リンゴのように成形されたその不老長寿薬を食べながら、ロキが微笑む。彼は巨人であるにもかかわらず、神と同等の権利を与えられていた。破格の待遇である。

「こういう時、父上はよっぽど君が大事なんだなと、しみじみ思う。だから妬まれるんだな」

初めてのリンゴをかじりながら、トールは他の神々や給仕をしている者たちに目をやった。嫉妬と侮蔑の入り混じった視線が、しばしばロキに注《そそ》がれている。

「アースガルズは居心地悪いだろうに」

彼は軽く笑う。

「そうだね。神の一員として認められたら――とは思うよ。でもここにはトール、君がいるから」

オーディンと義兄弟の契を結んだロキには、巨人の国にも居場所がない。言葉にされなくても、トールにもその程度のことはわかる年齢になっていた。

「俺には、神とか人間とか巨人とかで区別する気持ちがよくわからない。俺自身、ちょっとは力持ちかもしれないけど、巨人ほどじゃないし。魔術も使えないし。オーディンの息子じゃなかったら、普通の人間として暮らしてる」

そこへ「何をおっしゃいます」と、妖精のイースが酒を注《つ》ぎにやってきた。

「トール様の武芸の才能は、神の証。このイースが保証いたします」

館には大勢の妖精が侍女として仕えていたが、中でもイースは特別にトールに尽くしてくれていた。

「イースの言う通りですよ」

酒器を手にエリーもやってきた。彼女は、医療と死者の鎮魂に携わる女神ヴァルキュリアの一人だ。

「あなたとの稽古で負傷した兵を、いったい私が一日に何人治療すると思っているんです？　なのに、あなたは傷を負ったことがないって、どういうことでしょう」

「エリー、ほめられてる気がしないんだけど」

「武術の稽古では、少し手加減してくださいと申し上げているのです」

「悪い。子どもの頃から、ロキを相手に稽古してたから、手加減を覚えなかった」

巨人は、痛みを感じないし、怪我《けが》をしてもすぐに治る。

「ロキのせいにしないでください。ロキはちゃんと相手に怪我をさせないよう気遣っていますよ」

エリーがロキの酒杯に酒を注ぐ。彼女もまたロキを差別しない希少な神の一人だった。

「そうなのか？　ロキ、もしかして俺と稽古する時も、手加減してたのか？」

「だって、トール。君に怪我なんかさせたら、エリーとイースにものすごく叱られそうで……」

ロキが笑って酒杯を干し、エリーの杯に酒を注ぎ返す。

「私は叱ったりはしませんよ。トールの治療ができたら嬉しいですもの」

「おいおい」

「あたしは怒ります。トール様に怪我させたら、ロキ様に幻術かけて、裸踊りさせせます」

「それは勘弁してくれ」

エリーとイースは、トールにとって気の置けない友人だったが、ロキもそう感じていたに違いない。

ここにフレイが加わったのは、ヴァン神族との戦の後だった。

海辺の国ヴァナヘイムに住むヴァン神族と、アースガルズの神々アース神族とは、長い間、内海の領有権を争っていたが、度重なる戦で互いに疲弊し、協議の末、人質の交換を条件に休戦協定を結んだ。オーディンはアース神族の中からヘーニルを選び、最も賢いとされる巨人ミーミルを付き添わせてヴァナヘイムへ送った。そして、ヴァナヘイムから最も優れた神として送られてきたのが、ニョルズとその息子フレイ、娘フレイヤだったのである。

「ロキ、俺、君より美しい男って初めて見た」

ヴァルハラの宮殿に参上したフレイを見て、トールは目を瞠《みは》った。フレイヤもすごい美人だ。

「私は正しくは男ではないよ」

「あれで念動力も使えるって、たまらないよな。ロキとどっちが強いかな」

フレイの美貌とその能力に、アースガルズの神々も民もみな魅了された。けれど、当のフレイは人質という身分に負い目を感じているのか、それとも故郷を忘れられないのか、なかなか心を開かなかった。最初の歓迎の宴《うたげ》だけは出たものの、それ以降、他の神々からの誘いに一切乗らなかった。

「フレイ、狩りに行かないか？　ロキやエリーも来るって。イースもおまけについてくる」

トールはそんなフレイを気遣った。神々に受け入れてもらえないロキと重なったからだ。

フレイは最初こそ、しつこい誘いを疎ましく思っていたようだが、何度かともに狩りをしたり武術の稽古をしたりするうちに、笑顔を見せるようになった。そこには、巨人でありながらアースガルズで過ごすロキの存在が大きかったように思う。

ヴァン神族との和平は国を富ませ、人間の文明は絶頂期を迎えた。

代わりに、気候の厳しいヨトゥンヘイムに住む巨人との格差が広がり、時折、国境付近で小競り合いがあったと耳にするようになった。

「というわけで、フレイ、俺、ロキとイースを連れてヨトゥンヘイムへ行ってくる」

「何をばかなことを――。トール、お前は庶子といえどアース神族の王子なのだぞ。お前が巨人の国で問題を起こせば、戦の引き金になりかねない。拐《かどわ》かされて外交取引の材料にされる可能性もある」

フレイは、大反対した。

「大丈夫。巨人用の武器もあるし」

トールが、先頃ロキが小びと族に作らせたハンマーを握ってみせると、「わかってないな」と、フレイは頭を抱えた。

「わかってる。ただ、巨人と人間との関係が悪くなると、ロキの立場が難しくなるだろう。だから現状を知りたいんだ」

「というのは言い訳で、単に冒険に行きたいだけなのでしょう?」

エリーは笑っていた。

「フレイとエリーも誘いたいけど、夏至祭りまでに戻るのは難しそうだから」

その頃には、フレイは人質ではなく、アース神族の一員として富と豊穣を司り、様々な祭祀を執《と》り行うようになっていた。医術に長けたエリーは、大勢の患者を抱えているので、長期間アースガルズを空けるわけにはいかない。

「止めても無駄だろうな。ロキ、トールが暴走しないよう、よく見張っていてくれ」

フレイの言葉に「どうかな、私が暴走するかもしれないよ」と、ロキは冗談めかして肩をすくめる。

「ご心配なく、このイースが、しっかりとトール様とロキ様の手綱を引いておきますので」

「頼りにしてるぞ」

四人は、口をそろえてイースにそう言い、みなで笑いあった。


巨人の国ヨトゥンヘイムでは、巨人を相手に、徒競走や力比べをしたり、早食《ぐ》い競争や飲み比べをしたりと、やや物騒な歓迎を受けた。ロキは終始トールの味方をしたが、巨人たちがそれを不快に思っている様子はなかった。

帰り道、国境の峠を越えると、馬に乗ったフレイとエリーが街道で待っていた。

「迎えに来てくれたのか？」

「巨人に囚《とら》われたのではないか、宣戦布告の報が入ってこないか、気が気ではなかった」

「ご無事でなによりです」

二人は、トールとロキの姿を見て、安堵《あんど》の笑みを浮かべた。

「心配することなかった。友好的とは言えないけど、襲われもしなかったし。ロキを目の敵《かたき》にもされなかったし」

「ただし、帰り際、巨人の王に二度と来るなと、釘を刺されたよ。巨人たちはトールに城を乗っ取られるのではないかと危惧したらしいね」

ロキは軽い調子で笑っていた。

「私の言った通りだ。無事に帰れたのは奇跡だぞ」

フレイは馬の首を返し、トールが操る戦車に合わせて歩かせる。

「無事だったのは、巨人とのいろいろな競争に全敗したからかもしれない。それで巨人たちは気をよくしたのだろうね」

「ちょっと、ロキ。負けた話は内緒の約束だろ」

「負けた？　巨人相手に、お前とロキが？　信じられん」

フレイが海色の眼を瞬く。

「実は、あたしがトール様とロキ様に幻術をかけて、すべての競争に負けるようにいたしました」

イースがそう言ってパッと飛び立ち、

「何だと？　イース、おい、ちょっと待て！」

トールは戦車の速度を上げてイースを追った。

「申し訳ありませんっ！　巨人の王に、トール様とロキ様の真の力はこんなものではないと、こっそり知らせ、無事に国を出さなければ、安全は保証できないと脅し――」

「イース、よくやった」

フレイとエリーが笑いながら馬を駆けさせる。

「よくないっ！　ロキ、一緒に怒れよ」

「いいんじゃないかな。とりあえず平和は保たれたのだから」

助手席のロキは、淡い笑みを浮かべていた。

巨人族との和平が、危うい均衡の上に成り立っていることは薄々承知していた。

オーディンとロキとの血盟の意味も理解するようになっていた。フレイが人質としてアースガルズへ来たように、ロキは義兄弟という名目でオーディンに縛られたのだ。

ロキが自分の置かれた立場に満足していたとは思えない。

それでも、この時のトールは、自分とロキ、フレイ、エリー、イースの友情が永遠に続くと、固く信じていた。


巨人との関係が急速に悪化したのは、バルドルの死がきっかけだった。

バルドルはオーディンの嫡子であり、トールにとっては異母兄弟にあたる。

輝くばかりの美貌と優しい人柄で、彼は誰からも愛されていた。オーディンの後継として将来を嘱望されてもいた。しかし、他愛のない遊戯の最中に、バルドルは突然、謎の死を遂《と》げた。

バルドルの葬儀には、神々ばかりでなく、巨人も集まり、彼の死を悼《いた》んだ。

やがて、バルドル殺害犯として、一人の巨人が捕らえられた。その日を境に、神々や人間たちの反巨人感情が急速に高まっていった。

バルドル暗殺の実行犯は、実はバルドルの同母弟ヘズだったと、トールたちが知ったのは、その巨人が処刑されてから数日後のことだった。

「何てことだ……」

「オーディン様は巫女の占いにより、ヘズ様がバルドル様の命を奪ったことをご存じだったようです。けれど、ヘズ様は巨人にそそのかされたと言い張り……」

辺りをはばかるようにして、妖精姿のイースが囁く。

トールはフレイとロキをともなって、宮殿へ向かった。

「父上、なぜ真相をご存じでありながら、巨人に罪をかぶせたのです⁉」

「ヘズは最初、自分をそそのかしたのはロキだと言ったのだ」

オーディンのその言葉に、トールもフレイも愕然《がくぜん》とし、青ざめたロキを振り返る。

「もちろん嘘《うそ》だと、余は知っている。だが、言の葉は風に乗ってどこまでも広がってしまう。ヘズにはいつか報いを受けさせる。今はこれで十分だろう」

当時は、復讐が正義とされていた。身内が殺されたら、必ず仇《かたき》を取らなければならなかった。けれど身内が仇だった場合は、非常に面倒な問題が生じる。今回の事態はさらに複雑だ。

ロキは巨人族でありながら神のような特殊能力を持つ。オーディンは、巨人族の中でも特に強大な力を持つがロキと血盟を交わすことで、巨人族とアースガルズの神々との和平を保とうと考えた。そのロキが王位争いを企てたという噂《うわさ》が広まれば、オーディンの政策に不信感を持つものが現れ、アースガルズの政治体制が根幹から揺るがされる。

その混乱を避けるために、オーディンはヘズの嘘を承知で、罪なき巨人を処刑したのだ。

取りあえずオーディンの地位は保たれ、内政は安定した。しかし、人間は巨人族をバルドルの仇だと信じ、一方の巨人族は、神々が同胞に無実の罪を着せたと怒り、互いに必要以上に敵視した。高まった反巨人感情の矛先はロキにも向けられた。

オーディンの義兄弟であるため、表だって危害を加える者はいなかったが、宴にロキの席が用意されなかったり、他の者の罪がロキにかぶせられたりした。

「私は神に等しい能力を持っている。けれど、どれほどの力を持っていようと、私は神にはなれない」

ロキがそんな愚痴《ぐち》をもらしたことがある。神々の巨人に対する根強い差別意識が、ロキには耐えられなくなっていたのだろう。ヘズがロキに罪をかぶせたことも大きな痛手だった。

彼の心は、幼子のように純粋で、弱い。誹謗《ひぼう》中傷に抵抗できず、ただ傷つく。

「みんな君の能力と美貌を羨んでるんだよ。気にするな」

そんな慰めが、癒やしになるはずもない。

「オーディンが私と血盟を結んだのは、予言があったからだ。彼は、私を気に入って義兄弟にしたわけではない」

「予言？」

子どもの頃、そんな話を聞いたことがある。

「どんな予言なんだ？」

しかし、ロキはトールの問いに答えなかった。

「受け入れてほしいと……愛されたいと願ってはいけないのだろうか」

独り言のようなそのつぶやきは、神々すべてに対する訴えなのか、オーディン一人に向けられた嘆きなのか。

「俺がいる。フレイもエリーもイースもいる」

「……そうだね」

今思えば、ロキの心が、神々と巨人との間で揺れ始めたのは、この頃からだったのだろう。

ロキがアースガルズを去ったのは、それから数年後のことだった。

やがて、〝大いなる冬〟と呼ばれる異常気象が、人間や巨人を襲い、深刻な飢餓に陥った巨人たちがミズガルズへ侵攻し、戦争が始まった。

彼が、次に姿を現したのは、巨人との最終決戦の時だ。彼は敵として、巨人の船に乗っていた。

そして神々が築いた世界は滅んだのだ。

❇❇❇

「アリ……君は、ロキだったのか」

巨人の王として、玉座の前に立つ巨人を、亮《とおる》は呆然と見つめる。

今の容貌からアリの面影を捜すのは難しい。ロキは変身術にも長けていた。単に、人間の少年に化けていたのか、それとも、アリは、いくつもあるロキの顔の一つだったのか。

――破滅の杖《つえ》は、神であり巨人でもあり、男でも女でもある者の血によって目覚める。来たるべきラグナロクに、その者がどちらに味方するかで、次世代の覇者は決まる。

そんな予言があると知ったのは、ノルウェーの事件の時だった。

破滅の杖すなわちレーヴァテインの起動を知り、ノルウェーの基地にいた巨人の中に、ロキがいたのだろうと勝手に思い込んだ。ノルウェーの火災をフレイが鎮め、事件が収束してからは、そんな予言があったことも忘れていた。

「ロキ……。昔、君が言っていた予言って、もしかして……」

「そうだ。神々と巨人との最終戦争おいて、このロキがどちらに味方するかで勝敗が決まるという予言だ。だから、オーディンは私と義兄弟の杯を交わした。戦に勝つために」

――彼は、私を気に入って義兄弟にしたわけではない。

トールの記憶が脳裏をうずまく。

オーディンが、ロキと血盟を結んだのは、巨人の友人を大切にし、戦を避けようと考えていたのではなかった。彼が戦の勝敗の鍵を握っていたからだったのだ。

ロキは神と巨人との間で揺れていた。今までは、アースガルズに留まるか、巨人の国へ帰るか悩んでいたのだと思っていた。そうではなかった。ロキはラグナロクにおいて、自分がどちらに味方するか――どちらの世界を滅ぼすべきか、迷っていたのだ。

ロキが巨人の軍船を率いていることが知れ渡った時、その理由について、裏切りや陰謀、様々な噂が飛び交ったが、真相は不明だった。

今ならわかる。ロキはアースガルズに居場所を失い、オーディンが巨人を滅ぼす準備をしていると知って、神々の世界に絶望したのだ。

「現代でも、巨人に味方すると？」

辛《かろ》うじて絞り出した声は震えていた。

「そうだ」

遙《はる》か高みから、銀色に光る眼で亮たちを見下ろし、ロキは言った。

「なぜだ……。俺たちはオーディンとは違う。巨人を滅ぼそうなんて思ってない。君を利用しようなんて考えたこともない。一緒に、この世界で暮らせればと……」

「亮、フレイ、ドクター。星が落ちた後、ヨルムンガンドが眠る海辺で、私たちが出会った時のこと、憶《おぼ》えているか？　すべては定められている」

ロキの言葉で、亮は五月の富士川《ふじかわ》河口でのできごとを思い出す。

偶然に偶然が重なって、四人はあの場所に集まった。

アリが、ヴァルのバッグをひったくって逃げ、亮は彼を追いかけた。そして、アリを捕まえた時に、突然、神代の幻が見えて、角笛の音が聞こえたのだ。

「あれは、開戦を告《つ》げる、ヘイムダルの角笛《ギャラルホルン》……」

ヘイムダルは、神代において、アースガルズとミズガルズを結ぶ虹の橋《ビフレスト》の番人をしていた神だった。

太古のラグナロクでは、彼が角笛を吹き鳴らして出撃を知らせた。

「俺たちと、アリとの出会いが、現代の人間と巨人との戦いの始まりだったんだ」

その後は、何かに導かれるように、イースを見つけ、ベルトとグローブを手に入れた。フレイは、自分の剣を手に入れた。その場にはいつもアリがいた。

「運命からは逃れられない。前世と同じく、寝返って神々を滅ぼすことが、私に課せられた役割だ」

ロキが片手を前に突きだした。

「危ない！　よけて！」

亮はとっさに両手を広げて、背後のジョン・スミスや戦闘員たちを下がらせた。ロキのその仕草に憶えがあったからだ。

予想通り、彼の五本の指先から、細く白い糸が吐き出される。それらの五本の糸は、瞬時に宙で編み上がり、蜘蛛の巣のような網となって、亮やフレイ、ヴァルと逃げ遅れた戦闘員たちを搦《から》め捕った。

捕らえた獲物は、決して放さない、魔術でつくられたロキの漁網――。

ロキが手首を返すと網がギュッと縮んだ。息もできないほど締め上げられ、戦闘員がうめき声を上げる。

「やめてくれ――」

亮は、ハンマーを振り回したが、伸縮自在のこの網は、ハンマーでは破れない。

戦闘員の一人が、ナイフを取り出して、網を切ったが、魔法の糸は瞬く間に、自らを紡ぎなおして、空いた穴をふさいでしまった。

ロキの漁網は、自己修復が可能だ。なぜなら、ロキは自分の体の一部を使って糸を作り出しているからである。巨人の細胞は大きさを変えられるし、再生速度も速い。ロキは、その細胞を糸状にして指先から出し、念動力で編んでいた。従って、網を切れるのは、巨人を斬って殺せる武器だけである。

すでにフレイが、手にしていた剣を跳ね上げ、網を切っていた。フレイは網の破れ目から飛び出し、亮たちを出そうとしたが、

「フレイ！　後ろ！」

亮の声よりも早く、フレイは振り返り、新たに迫る網を剣で薙《な》ぎながら、横へ飛んだ。

グレネードランチャーの重低音が続けざまに響いた。網に捕らえられなかった戦闘員が、ロキに向かって撃っているのだ。ロキは網を自分の周囲に広げた。発射された擲弾《てきだん》は、網を破ることはできず、搦め捕られて床に落ち、そこで炸裂《さくれつ》する。

その隙にフレイが網を切り、亮は網の外へ飛び出すと、穴を押し広げて戦闘員たちも脱出させる。

見れば、セルゲイ他、他の巨人も本性の五メートルの巨体へと姿を変え、人間たちにつかみかかろうとしていた。フェンリルも牙を剝《む》いて襲いかかる。戦闘員たちは、グレネードランチャーや、クロスボウで応戦し、隙を見せた巨人にはネットランチャーを発射した。

怒号と爆発音が飛び交う中、亮とフレイはロキに向き直る。

「なぜ俺たちが戦わなけりゃならない！」

亮は叫んだ。

「人間に危害を加えないと約束してくれれば、巨人を滅ぼしたりはしない！」

「降伏はあり得ない。巨人族は一万年の間、人間たちの中で堪え忍んできた。先祖代々の恨みは忘れない。それ以前に巨人の誇りが、人間への従属を許さない」

ロキが網を投げる。亮は跳躍してそれをよけ、空中でハンマーを投げた。狙い通りハンマーはロキの右手を粉砕し、指先から出ていた糸も消える。亮は着地と同時に、戻ってきたハンマーを受け取り、今度はロキの左手を狙って打った。

「ネットランチャーを！」

フレイが命じ、数名のジョン・スミスがロキに向かってネットランチャーを発射する。しかし、ネットが空中で開く前にロキの右手は回復し、新たに網を紡いでネットを取り込んだ。


「アリ、君も人間を恨んでいるのか？」

フレイは横に走りながら、新たに投げられた網を剣で切り裂く。

「私の気持ちは関係ない。これは運命だ」

走るフレイに向かって、ロキは次々と網を投げる。亮は、フレイとは反対方向に走り、ロキの膝裏にハンマーを叩きつけた。バランスを崩した彼の肩に、フレイが跳び乗る。

「アリ、投降しろ」

ロキの首に手を回し、フレイは彼の喉に剣を押し当てた。

「降伏も投降もしない」

「なぜ、こんな意味のない戦いを挑む。私と亮を相手にして敵うと思っているのか」

「意味はある。戦の勝負は私の生死にかかわらず、私の意思による。だから、殺されても構わない」

彼は喉に押し当てられた剣など意に介さなかった。

「アリ――」

剣を握るフレイの手が震えた。どうしても力が入らない。

――この剣は、温度を自在に操る。巨人を斬ることもできるが、フレイ、そなたならばこの剣で人間の世界に富と豊穣をもたらすことができるだろう。破滅の杖がもたらす炎さえも消せるだろう。

剣を賜《たまわ》った時のオーディンの言葉が、フレイの耳に蘇《よみがえ》る。

この剣は、人々を富ませ、厄災から守るために作られた。

（なのに、私はこの剣で、アリを――）

「何を躊躇《ためら》っている？　フレイらしくない」

ロキは、フレイを振り落とそうともせず、ただあざ笑う。

「いいことを教えてやろう。フレイ、破滅の杖――レーヴァテインを鍛えたのは、この私だ」

「……それがどうした」

剣を賜った時には、レーヴァテインの作り手は知らなかったが、現代に転生してから、神話や小びと族が残した石盤から、ロキが作ったものだろうとは推測していた。

「レーヴァテインを作ったのは、アースガルズを出た後のことだ。もちろん、来たるべきラグナロクで、神々を焼き尽くすためにね。そして炎の巨人スルトに贈った。それを知ったオーディンが、小びとに命じてレーヴァテインの炎を消せる剣を作らせ、お前に与えたのだ。そう、今、お前が私の喉に当てているその剣だ。だから、私はスルトに言ったのだよ。フレイの剣を奪わなくては、巨人は神々に勝てない――とね」

「何だと……」

フレイのまぶたの裏に張りついて未《いま》だに離れない、一面の炎の光景――。

世界が終わったあの日、炎の巨人スルトはレーヴァテインを手にしていた。対峙《たいじ》するフレイは、破滅の炎を消す剣を持っていなかった。

剣を、製作者の小びとに預けたところ、彼の住処《すみか》が襲われ、剣が奪われてしまったからだ。その小びとが殺されたため、同じ剣を作ることもできなかった。だから、剣を失ったことを悔いながら、スルトがレーヴァテインで世界を焼いていくのを見ているしかなかった。

「太古のラグナロクで、フレイ、お前は、レーヴァテインの炎に焼かれて死んだのではなかったか？　このロキが作ったレーヴァテインで――」

侮蔑のこもった声が、フレイの血をたぎらせる。

「お前の差し金だったのか――」

フレイは唇を嚙《か》みしめ、ロキの喉を切ろうと剣を握る手に力を込めた。震える刃が、少しずつ皮膚に食い込んでいく。けれど、どうしても刃をその先に進めることができない。

「悔しいか？　お前が苦しむ姿を見るのは心地よい」

ロキが、今まさにグレネードランチャーを発射しようとしている戦闘員たちに網を投げた。

「よせ！」

フレイは目を剝いた。急いでロキの首もとから飛び降りたが、間に合わない。網は、発射されたばかりの擲弾ごと戦闘員を包み込み、彼らの足下で炸裂する。網に絡まったまま、数名の戦闘員が背中から倒れ込んだ。

フレイは憤然とロキを振り向いた。そこには、神話の通り、邪悪で狡猾《こうかつ》な悪神が薄く笑って立っていた。

「くそ――」

亮は、横合いから迫るフェンリルをハンマーで払い、大きく跳躍して、ロキの腕に片手をかけた。逆上がりの要領で体を持ち上げ、振り払われる前に、肩へ飛び移ると、ハンマーをロキの頭頂に打ち下ろす。頭蓋骨《ずがいこつ》が割れる感触が手に伝わり、亮はおぞましさに奥歯を嚙みしめた。

ロキがよろめいた。

亮が彼から飛び降りると、すかさずグレネードランチャーが撃ち込まれ、さらにネットランチャーが発射される。けれど広がったネットにフェンリルが飛び込み、主を窮地《きゅうち》から救う。

その間にロキは傷を回復させ、フレイに向かって網を投げた。その時、フレイは、擲弾で負傷した隊員たちを覆っている網を切っているところだった。

フレイは、ロキの方に向き直って、迫る網を自分の剣でなぎ払う。ヴァルが隊員たちを網から出すと、彼らを部屋の端に移動させた。治療にかかったヴァルを他の隊員やジョン・スミスがガードする。

「三方から同時に撃て」

フレイの指示で、隊員たちがザッと左右に割れた。三発の擲弾がロキを狙い撃ち、その後にネットが噴射される。しかし、その直前にロキは指先から網を紡いで擲弾もネットも搦め捕ってしまう。

「速すぎる」

戦闘員の一人が呆然とつぶやいた。

「俺が行く」

亮は、駆け出した。不用意にハンマーを投げれば、網でハンマーを奪われる恐れがある。接近戦でロキにダメージを与え、ネットランチャーで捕らえるしかない。

けれど、ロキの背に乗ろうとした亮の前に、数頭のフェンリルが立ちふさがった。亮は走る速度を緩めず、飛びかかってくるフェンリルの前脚をグローブで受け止めると、脇腹をハンマーで打つ。左から襲ってきたフェンリルの横面を、回し蹴りの要領で吹っ飛ばし、回転しながら軸足を変えて右から迫るフェンリルの頭を踵《かかと》で蹴った。頭上から落ちてきたロキの網を後ろに大きく跳んでよけ、宙で一回転して着地する。そこへ巨大な握り拳《こぶし》が降ってきた。とっさに横へ跳躍し、床に手をついて転がる。亮がそれまでいた場所に、巨人の拳がめり込んだ。床に敷き詰めた石が割れ、破片が飛び散る。

見上げれば、拳の主はセルゲイだった。

亮は拳を踏み台にして、彼の肩へ跳び上がり、さらに頭の上に乗る。セルゲイの頭に乗っていれば、フェンリルに邪魔されないし、ロキも網を投げてはこない。間合いを計って、ここからロキに飛び移るつもりだった。

亮を捕まえようとするセルゲイの手をハンマーで払い、ロキの方を見やる。

彼は、銀色の眼で亮を一瞥《いちべつ》すると、負傷した戦闘員を治療しているヴァルに目を移した。ロキの指先から白い糸が吐き出され、蜘蛛の糸のような網が、ガードしている戦闘員もろともにヴァルや負傷した者たちを包み込む。

「負傷兵を狙うなんて――」

亮は、取りあえずセルゲイの頭にハンマーを打ち込み、よろめく彼の肩を足場にして、ロキの腕をめがけて跳んだ。空中でハンマーを振り上げ、ヴァルたちに向かってまだ糸を吐き続けている手に、赤銅色の鎚《つち》を振り下ろす。その反動を利用して、亮はロキの上腕に跳び乗った。ロキのこめかみにハンマーを打ち込もうとしたが、その前に巨大な手の平に叩《はた》かれ、亮は数メートルも吹っ飛ばされた。背中から壁に激突し、跳ね返って床に落ちる。何とか足から着地はできたが、しばらくの間、息ができず、亮は喘《あえ》いだ。

「畜生——」

顔を上げ、ロキを目で探す。彼は、執拗《しつよう》にヴァルたちに向かって糸を吹きつけていた。亮が打った方の手はすでに回復を始めている。

徐々に締まっていく網の中では、戦闘員たちが苦悶の表情でもがいていた。

フレイも網を破ろうとしているが、フェンリルや、他の巨人たちが間断なく襲いかかり、作業が進まない。

「そんな様で、この世のラグナロクを止められると思っているのか、フレイ、トール」

遙か高みからロキの声が降ってきた。

戦闘可能な隊員たちが、グレネードランチャーを撃っているが、驚異的な速度で細胞を再生していくロキは、心臓だけは網でガードしながら、平然として擲弾を受け、網を投げ続けている。

『ネットランチャーを撃ち尽くしました。擲弾も残りわずかです』

イヤホンから戦闘員の絶叫が聞こえた。

「お前たちの負けだ。フレイ、おのれの力のなさを悔やみながら、人間たちがもがき苦しみながら死ぬのを見ているがいい。世界が滅んだ日に、指をくわえて立ちすくんでいた時のように」

ロキは、そう言って網に囚われたヴァルや戦闘員たちに目を落とす。

「トール。お前はフェンリルに食わせよう。オーディンと同じように。私はオーディンの死に様を見ていないのでね。もちろん、エリーやこの虫けらどもの息の根を止めたあとに」

「ロキ、これがお前の本性なのか――」

銀色の眼を禍々《まがまが》しく光らせ、形のいい唇に邪悪な笑みを浮かべるロキを見上げ、トールもフレイも奥歯を噛みしめた。

「ロキを殺す。援護してくれ」

迫るフェンリルの首を刎《は》ねながら、フレイが言った。

「え――？」

ロキに向かって駆け出そうとしていた亮は、ギョッとして足を止め、フレイを振り返った。

「このままでは、戦闘員やジョン・スミスの命がない。網はロキの念動力で締まっていくのだ。彼を殺せば、網は緩む。だからロキを殺す」

横合いから伸びてきた巨人の手を跳ね上げ、苦渋に満ちた表情で、彼は繰り返した。見れば、すでにロキの網に囚われている者たちは、徐々に縮んでいく網に締められ、顔を紫色に膨らませて身もだえている。

「ロキを気絶させれば――」

「ネットランチャーがもうない。気絶程度の傷では、ロキはすぐに回復して、また同じことを繰り返す。人間に容赦はしない」

「そんな……」

「私の剣は、網を破ってロキを突ける。他に方法がない」

網の中では、数名の戦闘員がすでに意識を失っていた。人間は呼吸停止から数分で死ぬ。事態は一刻を争う。

「あれは私たちの知っているロキではない。アリでもない。神話の通りの悪神だ」

海色の瞳の中に、悲壮な決意が見て取れた。

亮の背に、冷たい汗が伝った。汗ばんで震える手でハンマーを握り直し、大きく息を吐く。

「わかった。なら……俺がやる」

フレイはアリを引き取って、これまで養育してきた。彼にとってアリはかわいい弟のようなものだろう。亮にとってイースが妹みたいだったように。

そのアリを、フレイに殺させるわけにはいかない。

「だが、亮、お前に――」

「いいんだ。俺がやる」

亮はハンマーを両手で持って、腰を落とした。喉元に熱い塊が迫ってきて苦しかった。けれど、それを無理矢理飲み込み、ロキの心臓に狙いを定める。

――私は、神に等しい能力を持っている。けれど、どれほどの力を持っていようと、私は神にはなれない。

――受け入れてほしいと……愛されたいと願ってはいけないのだろうか。

血盟によってオーディンに縛られ、戦に勝つための道具だと知っていながら、それでもロキはオーディンに尽くした。オーディンの誠を信じ、神の一員に加えられる日を待っていたのだろう。

巨人族との軋轢《あつれき》が表面化した後は、困窮するヨトゥンヘイムに救援の手をさしのべてくれることを期待していたのかもしれない。

けれど、オーディンはロキをないがしろにし、巨人との戦の準備を始めた。

裏切ったのは、ロキではない、オーディンの方だ。

こみ上げてくる涙をこらえ、亮は歯を食いしばった。軸足に体重をかけて体を回転させ、遠心力をハンマーに載《の》せる。

その間に、襲いかかってくる巨人やフェンリルは、フレイが防いだ。

「ロキ――ごめん」

彼の心臓を破壊するのに十分な力を込めて、亮はハンマーを放った。

同時にロキも網を投げたが、ハンマーを搦め捕る前に、フレイの剣が飛んで行って、それを切り裂いた。その裂け目をハンマーが回転しながら通り抜ける。

ロキが淡い笑みを浮かべた。まるでこの瞬間を待ち望んでいたかのように、嬉しそうに。

それまで銀色に光っていた両眼が、今は黄金色に輝いている。

(どういうことだ⁉)

亮の背筋に悪寒が走った。

ドーーーン！　と雷鳴に似た轟音を立てて、ハンマーがロキの胸にめり込む。

上がった悲鳴は、甲高いアリのものだった。彼はハンマーに圧されるまま、十数メートルも後方に飛ばされ、玉座に激突した。ハンマーは回転しながら亮の元に戻り、ロキはずるずると石の椅子から滑り落ちて、冷たい石の床に身を投げ出す。胸に空いた穴から流れ出た血が、石の上に大きく広がっていく。

思わず駆け出そうとすると、「来るな――」と、ロキが制止するように手を突き出して叫んだ。

「私は、最後まで巨人の味方でなければ……これで滅ばずに……」

彼の声に、亮はハッとして足を止めた。

（わざと殺されようと……だから、あんな憎まれ口を）

亮の視界の隅に、戦闘員やジョン・スミスたちを縛めていた網が緩み、彼らが呟き込みながら這い出てくる様子が映っていたが、それが何を意味するのか考えられなかった。残った巨人とフェンリルをフレイがすべて倒したことも意識にのぼらなかった。ただ、呆然とロキを見つめていた。

彼の腕が、力なく床に落ちた。まぶたがゆっくりと閉じられていく。

「ロキ……もしかして……」

亮は、力の入らない足で、ロキの亡骸《なきがら》に歩み寄った。

神々と巨人との最終戦争おいて、ロキがどちらに味方するかで勝敗が決まる――。

彼は巨人に味方し、自らは死を選んだ。

（巨人が滅びないように……？）

神代とは異なり、現代の巨人は二千に満たない。ベルゲルミルは全滅覚悟だったし、フレイの立てた作戦は完璧だった。ロキがアリとして亮たちと同行していたら、間違いなく巨人は滅亡する。

ロキは、巨人の運命を変えるには、巨人の味方でいる必要があると考えたのだろう。けれど、ロキが味方についている限り、巨人たちは勝てると信じて戦争をしかける。決して地上の支配を諦めない。だから、亮やフレイに自分を殺すように仕向けた。この戦争を終わらせるために。

(俺は、トールじゃなくて亮として、戦うと……)

フレイの立てた殲滅《せんめつ》計画に同意した。甘い考えを捨てなければ、人間が滅んでしまうこともわかっていた。イースを海に捨てた漁師の話を聞いて、一瞬、我を失った。けれど、憎しみや復讐心に囚われることなく、戦い終わらせるために戦おうと心に決めた。けれど——、

「これが俺の役割だったのか?」

ロキの傍《かたわ》らに膝をつき、彼の頰に触れる。血の通わなくなった青白い肌は、まだ温かかった。

——そうだね。神の一員として認められたら——とは思うよ。でもここにはトール、君がいるから。

——だって、トール。君に怪我なんかさせたら、エリーとイースにものすごく叱られそうで……

「お前を殺すために、俺は生まれ変わったのか?」

こぼれた涙が、ポトポトとロキの顔に落ちる。

「俺は、お前の死なんか、願ってなかった——!」

亮は、握った拳を彼の体に押しつけ、そこに顔を埋めて慟哭《どうこく》した。

六章

「ロキ——！」

自分を縛《いまし》めていたロキの網がほどけたことで、ヴァルは彼が息絶えたことに気づいた。見れば、ロキが横たわる床には、おびただしい量の血が広がっている。

治療道具の入ったバックをつかみ、フェンリルや巨人の死骸をまたぎ越して、ロキのもとへ駆ける。それまでの会話の内容から察すると、ロキは巨人の滅びを回避するために巨人に味方し、わざと亮《とおる》かフレイに殺されようとしたらしい。

「そんな死は、許しません！　亮、そこをどいてください！」

嗚咽《おえつ》している亮を押しのけ、ロキの胸に開いた穴を診《み》る。肋骨《ろっこつ》数本と心臓がきれいに砕けていた。トールの狙いと力加減が見事だったというべきか、動脈静脈ともに無事だ。

医療用の手袋を外し、素手をロキの胸の穴に入れる。手袋は術の邪魔だ。

「ヴァル……何を？」

血だまりに座り込んだまま、亮が腫《は》れた目をこちらに向けた。

「蘇生《そせい》させます」

「けど……俺、心臓を……」

「わかってます！　けれど、このまま逝《い》かせられません！」

ヴァルは肺動脈と大動脈すべてに指を当て、呪文を唱える。巨人の細胞は驚異的な再生力を持つ。血流さえ保てば、心臓の組織が作られるかもしれない。フレイの剣には巨人の細胞を回復させせない呪がかかっているが、これはハンマーで打たれた傷だ。

頭の片隅で、もう一人の自分が、いくら巨人でも砕けた心臓がもとに戻るわけがないと囁《ささや》いていたが、蘇生を試みずにはいられなかった。

――なぜ人は戦いに駆り立てられるのだろうね。

――巨人にも魂はあるのかな。私が死んだら、魂はどこへいくのだろう。

遠い過去、ヴァルがエリーと呼ばれていた頃、ロキとそんな話をしたことがある。

神代、ヴァルは戦場を駆け巡り、負傷した兵を治療したり、戦死した兵の魂を祀《まつ》ったりする女神ヴァルキュリアだった。

ヴァルキュリアは、治癒の能力を持つ乙女が選ばれた。軽い傷であればその場で治療し、重傷者や戦死者は、オーディンの館ヴァルハラへ運んだ。ヴァルハラには高度な医療施設があり、心肺停止した人間を蘇生させる技術は今よりも発達していたように思う。

蘇生不可能な兵士から、使えそうな臓器を摘出したり手足を切断したりして、負傷兵に移植することもあった。また戦場へ送り出すために――。

――ある時、戦場で負傷兵に気づいて迎えに行ったら、このまま、死なせてくれ、と言われたことがありますよ。

ロキに請《こ》われるまま、ある人間の兵士の話をした。

死の苦痛を味わい、また戦場へ戻される経験を何度か繰り返すと、大抵の人間は心を病む。狂ったように戦い続ける彼らはベルセルクと呼ばれ、同胞である人間からも恐れられた。

死なせてほしいと言った彼は、そのベルセルクの一人だった。

彼が、何を求めて戦い続け、そしてなぜ死を選んだのか、ヴァルにはわからない。

あの夜の、血の臭いがする風と、凍てついた星空は、今でもよく憶《おぼ》えている。次第に冷たくなっていく彼の頭を膝に載《の》せ、ヴァルは、この男の魂は、本当はどこへいくのだろうと、ぼんやり考えた。

——オーディンは兵を鼓舞するために、勇敢に戦って死んだ者の魂は、我が宮殿に招き、歓待するとふれて回りましたからね。その言葉を信じたのかもしれません。あるいは、安らぎを得たかったのかもしれませんね。

ヴァルが語り終えると、ロキは、戦争がなければいいね、と悲しそうに言った。

ロキは、巨人と神々との戦争を恐れていた。自分がその勝敗を握っていたのだから無理もない。

太古のラグナロクでは、巨人に味方し、神々は滅んだ。そして今、繰り返された戦に終止符を打つために、自らの命を投げ出した。

(こんなかたちで終わらせるなんて間違っています。ロキ、あなたは死んではいけない！)

頬に涙を伝うままにさせ、ヴァルは持っている力のすべてを術に注《そそ》ぎ込んだ。


——かつての敵国で暮らすのは辛《つら》いね。

人質としてアースガルズに来たばかりの頃、館から出ず、トールの誘いにも乗らずにふさぎこんでいたフレイに、ロキがそう言ってきたことがある。

——私は巨人なんだ。知っていた？　だから、故郷が懐かしいとか、周囲の目がとげとげしく感じるとか、そういった気持ちはわかる。

同じ思いを抱えている者がいると知り、張り詰めていた気分がほぐれた。ロキの疎外感や孤独感は、自分の比ではなかっただろうと思うと、館にこもっている自分が卑小《ひしょう》に見えた。だから前へ進む気になった。

神に憧れた心優しい巨人。

巨人か人間か、一方を選べば他方が滅ぶ——。ロキの立場で予言を突きつめれば、そういうことになる。どれほどの重荷だったか。

（アリも同じ思いを抱えていたのだろうか？）

人間の中で、自分だけが異なる生き物である寂しさや、戦争の勝敗を握っている重圧を。

（気づいてやれなかった）

巨人は人間に比べて成長が遅い。彼は自分の年齢を十五歳だと言っていたが、小柄な体格も、幼い言動も、巨人ならば説明がつく。

いや、気づかなかったのではなく、考えないようにしていたのだ。日本語で話す時に、自分を僕でも私でもなく、アリと他人事のように呼んでいたのは、未成熟な自我と、男でもあり女でもあるロキの両性を示していた。にもかかわらず、フレイはアリの正体を突き止めなかった。

ずっとこのまま、家族のように暮らせると信じたかったからだ。

（私に打ち明けてくれたら、こんな結末には……）

喉元にこみ上げてくる熱い塊を飲み下し、フレイはロキの青白い顔と、傍《かたわ》らで嗚咽する亮を見下ろす。決定を下したのはフレイだ。ロキの死も、亮の嘆きも、すべて自分が招いた。

ヴァルが必死に蘇生術を施しているが、ロキの肌は青白いままだ。

北欧神話における「最良の医者」といわれる女神エイルは、おそらくエリーがモデルになっているのだろう。神話のエイルは薬草の知識が豊富で、死者を復活させることもできたと書かれている。

事実、エリーはかつての戦場で、何人もの兵士を蘇生させてきた。今は、その力にすがるしかない。

その時、「あの……」と、日本語で密やかに声をかける者があり、フレイは剣の柄《つか》に手をかけ、声のした方を振り向いた。見れば、玉座の裏から一人の男が顔を半分だけ出して、こちらの様子を伺っている。

「お前は――」

フレイには男の顔に見覚えがあった。髪はぼさぼさに乱れ、顔は不精髭《ぶしょうひげ》に覆われていて、写真とはだいぶ印象が異なるが。

「はい、サクラと申します。実は、アリから伝言を預かっておりまして……」

アリを日本へ連れてきた麻薬の運び屋、セルゲイの手下は、そう言ってボリボリと頭を掻《か》いた。

「伝言？」

「アリは、この要塞を標的にグングニルをセットしたんです。で、人間との共存を望む巨人が五十人ほど地下牢に監禁されているので、彼らを助けてほしいと」

ロキの蘇生をヴァルに任せ、サクラを道案内にして、フレイは、亮と数名のジョン・スミス及び戦闘部隊員とともに暗い地下道を走っていた。他の隊員には、ヴァルの警護と、怪我をした隊員の搬送を命じてある。

サクラの話をフレイが信用することにしたのは、彼が人間であることは確認済みだったことと、一人では要塞から脱出できないと、彼が泣き言を言ったからである。

要塞の出入り口を開けるには、ハンドルを回さなければならないが、それは巨人並の膂力《りょりょく》が必要である。サクラにしてみれば、亮に開けてもらうか、フレイに剣で切ってもらうか、グレネードランチャーで扉を破壊してもらうかしなければ、彼は要塞から出られない。

そこでロキの伝言通り、監禁されている巨人を救うべく、地下牢へ向かうことにしたのである。

急な下り坂の地下道は、巨人の身長に合わせて作られたのか、縦横高さとも十メートルほどあり、壁面は削った岩がむき出しになっていた。

「アリは、フレイさんと亮さんがこの要塞に来ると、信じていたんですよ」

地下牢への道すがら、サクラがことの顛末《てんまつ》を語る。

「おれはセルゲイの下で働いていた、しがない運び屋でして、アリを連れて来いと、以前からセルゲイに命じられておりましてね」

アリにもその旨は連絡済みだったが、彼は承諾せず、サクラはアリを攫《さら》う機会を狙っていたという。

「ところが、あれは、イギリスで地震が起きた日だったか、突然アリから電話がきたんです。ボスのところへ行きたいと」

そこで、サクラはアリをセルゲイのクルーズ船につれて行った。するとセルゲイは、フレイに気づかれないように、アリをヘプンにある要塞――その時点では不法移民の隠れ家だと聞かされていた――へ連れていくように命じられたという。そこは運び屋なので、防犯カメラの死角を縫い、極秘のルートを使ってアイスランドへ渡った。

「アリから巨人だの世界が滅ぶだの、そんな話を聞かされたのは、その道中でした」

最初はとても信じられず、当初の予定通り、要塞でもセルゲイの指示に従って、細々とした用事を足していた。アリの話が真実だと知ったのは、ベルゲルミルとアリとの対決の場面を盗み見た時だという。彼は、「びっくりしたのなんのって」と、その時の驚きを大仰に身振り手振りで表した。

「アリは王位に就くと、人間との共存を訴えて、五十人くらいは賛同したんですがね。セルゲイとか古参の巨人がなかなか承知しなくて、結局、アリはその五十人を地下へ監禁したんです。リンチを恐れたんでしょうね。で、アリはハインリッヒに密かに命じて――」

「ハインリッヒとは?」

「グングニルを発見した小びとです。本職は家具作り職人だとか。やつも戦争反対派でしてね。で、アリはそのハインリッヒに、この要塞を撃つようグングニルを高台にセットさせたんです。おれには、フレイさんと亮さんは絶対に来るから、そうしたら地下の巨人たちを助けてもらって、一緒に逃げろと言って……自分は死ぬつもりだってのも、その時に聞きました」

ハインリッヒは発射台で待機し、サクラが要塞を脱出し、爆発に巻き込まれない場所まで避難したら、ハインリッヒに電話することになっているという。

「おれは、何もお前まで死ぬことはねえだろって、アリには言ったんですがね。予言がどうとかで、自分が人間の味方をすると、人間と仲良くしたがってる巨人まで死ぬからって……。だからフレイさんと亮さんに声をかけるのは、自分が死んだ後にしてくれって」

サクラは声を詰まらせ、鼻をすすった。

「ま、実際のところ、アリが人間に情けをかけたり、生きたままあんたたちに捕まったりしたら、伝令が飛ばされて」

そこでサクラは足を止めた。

「あんまり近寄ると、見張りに気づかれる。みんなセルゲイ腹心の手練《てだ》れでね。その伝令がきたら、監禁してある巨人を殺すように命じられてるんです」

彼は、及び腰で壁に背をつけ、戦闘部隊から借りたゴーグル越しに、地下道の奥に目を凝《こ》らす。

「それで、ロキはあんな真似《まね》を……」

亮が力のない声でつぶやいた。

ロキも、巨人と人間との共存を望んでいたのだ。

彼がロンドンのフレイのオフィスから出て行ったのは、イギリスで地震があった日だ。地震は巨人の仕業ではないかと考え、ベルゲルミルを説得しようとしたのかもしれない。

フレイとベルゲルミルとのビデオ通話を見て、ベルゲルミルが降伏しないと知った彼は、自分が王になろうとした。けれど、フレイと暮らしていたロキは、王になっても信頼されなかった。命令は絶対ではなかったのだ。

――ラグナロクの勝敗は、ロキがどちらに味方するかで決まる。

ロキが信じ込んだ予言。

ベルゲルミルたちもその予言を信じたか、もしくはロキをスパイだと疑っていたか、とにかくアリは人間との共存を望む巨人たちを人質にされ、人間に対して手加減すらできない状況に追い込まれた。グングニルをこの要塞に向けてセットしたのは、ラグナロクを止めるには、ベルゲルミルと彼を盟主と仰ぐ巨人たちを殺すしかないと考えたからだろう。

亮のハンマーに撃たれる前に微笑《ほほえ》んだのは、これで、監禁された約五十人の巨人が助かると確信したからかもしれない。

「発想が極端すぎるし、払う犠牲も大きすぎた。私に一言相談してくれれば、もっと――」

と、言いかけてフレイは唇を噛む。ロキは、フレイへの相談は、人間に味方することと同義となり、巨人族が滅んでしまうと思ったのかもしれない。

「だが、ロキのおかげで、最大の課題――救うべき巨人の選別はできた」

フレイは苦い思いでつぶやいた。

「実は俺、選別って言葉、嫌いなんだ」

ハンマーを握りしめ、亮が歩き出す。辺りに、生暖かい風が吹き始めた。

「私もだ」

フレイも剣を鞘《さや》から抜き、「サクラ、君はここにいろ」と言い置き、亮と肩を並べる。闇の奥から、巨人の重い足音が迫っていた。

※※※

（行ったか？）

床に倒れたまま、セルゲイは薄目を開けて辺りを窺《うかが》った。

玉座のそばでは、ヴァルキュリアの生まれ変わりがロキに蘇生術を施し、数名の人間が付き添っている。部屋の端にいた人間どもは、すでに撤退したようだ。

トールに打たれた傷は、すでに回復している。死んだふりをしたせいか、戦闘の混乱のせいか、ネットランチャーをかぶせられずに済んだのは幸いだった。

気配を消し、セルゲイは体を縮めて人間に化けた。人間たちがロキに注目しているのを見すまし、そっと起き上がる。足音を立てずに謁見室を出ると、急いで王の寝室へ走った。ドアの閂《かんぬき》を開け、部屋へ飛び込むと、寝台に腰掛けているベルゲルミルの前でひざまずく。

「何事だ、セルゲイ」

ベルゲルミルが泰然と応じる。

「急ぎお越しください。ロキは、この要塞を破壊するつもりでおりました！」

＊＊＊

あちこちで赤ん坊が泣いている。食糧が十分ではないため母の乳が出ず、腹を空《す》かせているのだ。

「よしよし、泣かないの」

あやす母親の声にも力がない。

要塞の最下層、岩をくり抜き、鉄格子をはめただけの地下牢では、約五十人の巨人が身を寄せあっていた。かねてから人間との共存を望み、ロキの呼びかけに応じて、その意思表明をした者たちである。その半数は、幼子を抱えた母親と、戦えなくなった老人だった。

「本当に助けが来るのかしら」

誰かがつぶやいた。

「来るわけねえだろ。ってか、助けを寄越したにしろ、ここまで来られねえよ」

鉄格子の向こうには、五人の見張りが立っていたが、そのうちの一人が聞きとがめ、酷薄な笑みを浮かべてそう言った。

「いや、来る。ラグナロクの行方は、ロキ王が握っていると予言されているのだから、ロキ王の約束は必ず果たされる」

最年長の巨人ミーミルは答えた。その名は、オーディンにすら叡智《えいち》を求められたという巨人に由来する。名前のせいか、歳の分だけ多くの経験を積んできたせいか、ミーミルは共存賛成派の巨人たちの信頼を集めていた。

「怒りや憎しみなんぞ、個に向けられる感情だろうが。人間をひとくくりにして憎むべき敵だと決めつけるのは間違っている」

それがミーミルの持論だった。人間にも巨人にも、悪人がいて善人がいる。

巨人の誇りを失ったわけではないが、既存の社会で過ごすことに満足していた。同胞のために奮闘する戦士たちを思えばこそ、無駄な血を流したくない。

そこへロキがやってきたのだ。あまりに若く、フレイ神の生まれ変わりに養われていたという経歴に邪魔され、好戦的な巨人に受け入れられなかったが、彼はミーミルにとって救世主だった。

ふいに、彼方で神の生まれ変わりの気配がした。見張りが一人走って行く。

「助けが来た――」

その後の光景を、ミーミルは生涯忘れないだろうと思った。

闇の中から躍り出てきたのは、赤毛の青年だった。手にしたハンマーを見るまでもなく、トール神が転生した姿だとわかった。

「投降しろ」

トールが言った。

「無様に施しを受けてまで、生き長らえようとは思わん」

本性を現した見張りの巨人が、持っていた斧をトールに振り下ろしたが、彼は軽く身をひねってそれをかわし、斧《おの》の柄《つか》を踏み台にして、大きく跳躍すると、巨人の頭頂をハンマーで打った。見張りの巨人が倒れる前に、トールは空中で後ろに回転し、つかみかかろうとした別の巨人の手から逃れ、その巨人の背後に着地すると再び跳躍して、後頭部を叩いた。

　その間に、フレイ神の生まれ変わりが兵を率いてやってきた。彼の容姿の端麗さは、想像以上だった。フレイが何かを指示すると、兵たちは一糸乱れぬ動きで配置につき、見張りの巨人たちに擲弾《てきだん》を撃った。

　見張りの巨人の一人が、青竜刀を手に、背後からフレイに忍び寄っていたが、フレイは瞬時に向き直り、地を蹴って一気に間合いを詰めると、青竜刀を持った巨人の手首を切り落とした。盛大に血をまき散らし、悲鳴を上げながらのけぞる巨人の胴を、フレイは跳躍して一文字に薙《な》ぐ。上半身と下半身がずれた巨人は、地響きを立てて仰向けに倒れた。

　着地したフレイは、振り向きざまに、新たに迫る斧の柄を剣で払い、再び跳躍してその巨人の腹に突き立てた。柄から手を放さず、落下の勢いを利用して、巨人の腹を縦に裂く。

　最後の見張りが倒れ伏し、静寂が戻った。

　ミーミルたちは声もなく、唖然《あぜん》として現代の神々を見つめていた。

「悪い、嫌なもの見せちゃったね」

　トールは、遺体を見やり、自分の方が辛《つら》そうな顔をしていた。

「いいや、この者たちは、戦って死ぬ道を自ら選んだのでございますよ。ラグナロクの勝敗の鍵はロキ王が握るという予言も、ロキ王が和解を望んでおられたことも知った上で、この者たちは戦を止めなかったのですから」

ミーミルは言った。浅薄な選択だとは思わない。それが彼らの生き様だったのだ。

「何よりの慰めの言葉だ」

フレイは、手にした細身の剣で鉄格子を裁ち切ると、そう言って海色の眼を笑みの形に細めた。全身が返り血に濡れていてさえも、惚《ほ》れぼれするほど美しい微笑だった。彼に従って進んでいけば、その先には、きっと富と豊穣が待っている——そんな気がした。

❊❊❊

フレイたちは、約五十名の巨人を連れて、地下道を戻る。足の萎《な》えた年寄りや幼子は、隊員たちがそれぞれ肩を貸したり、背負ったりした。

「フレイさん、亮さん、大変です！」

サクラが血相を変えて走ってきたのは、地下道を半ば戻った頃のことだった。

「何があった？」

「ベルゲルミルが、セルゲイと一緒にグングニルの発射地点へ向かったそうです！」

彼は息を切らせてそう言った。

「グングニルが要塞に向けてセットされてるって、やつら知ってたの⁉　ってか、セルゲイは生きてたってこと？」

亮が、幼子を抱いたまま、駆けつけてきた。

「そうか、俺、ロキに気を取られてセルゲイにとどめも刺さなかったたし、ネットで拘束されたかどうかも確かめなかった……」

「サクラ、君はなぜそれを知っているのだ？」

フレイは訝《いぶか》った。彼にはゴーグルと無線機を貸してあるし、対巨人情報部が通信衛星を介してヴァトナヨークトル氷河を監視してはいるが、衛星の電波はここまで届かない。極超長波の無線を使ったのなら、フレイにも知らせが来るはずだ。

「この子が――」

サクラは、ポケットに手を入れた。

「この子がそう言って、フレイさんと亮さんに知らせろと――」

彼は、手の平を広げて、ポケットから出したものを、フレイと亮に見せた。フレイも亮も目を瞠《みは》る。

「……亮……ようやく会えた……」

薄い羽は折れ、右腕が紫色に腫れ上がり、ぐったりとして立つこともできない様子だったが、それでもイースは微笑を見せた。

隊員とジョン・スミスに、サクラと五十人の巨人をヘプンへ連れて行くように言い置き、フレイと亮《とおる》は、グングニルの発射台へ向かうべく地下道を急ぎ戻る。

イースは亮の胸ポケットの中で、蜂蜜酒《ミード》の入った小さなボトルを抱えて呷《あお》っていた。治癒力を高めるヴァル特性の蜂蜜酒は、隊員たち全員に携帯させ、餓死寸前の巨人にも分け与えたのだが、その残りをかき集めたのである。

「生き返るー」

三本目のボトルを一気に空けるとイースは言った。

「何かもう、言葉もない……」

亮の目が赤いのは、嬉し涙のせいだろう。

「ロキのことはサクラから聞いたわ。大丈夫。ヴァルならきっと蘇生《そせい》させるわよ」

蜂蜜酒の効果か、イースは自信たっぷりに言い切った。

「だといいんだけど……とにかく、君が生きててよかった」

「あたしを誰だと思ってるの？　あたしは、ラグナロクの混乱の中、その重たいハンマーと力帯と手袋を持って、巨人の追っ手をかいくぐって、大陸を渡って日本まで逃げおおせたのよ」

「……そうだね。俺、君には一生かなわないし、頭も上がらないと思う。それにしても、今回はどうやってここまで来たんだ？　ってか、どうやってあの漁師から逃れたんだ？」

「漁師のアイザックにつかまれたのは本当よ。でも、ギリギリのとこで幻術をかけることはできたの。で、あたしは死んだって思わせたわけ。あいつは、あたしを海に捨てたつもりになってたけど、実は落ちたのは船の上」

「だったらそう連絡してくれればいいのに、俺たちがどれだけ心配したか」

「利《き》き腕と羽を折られちゃったんだもの、歩くだけで精一杯」

隠しカメラの所までは飛べず、人間に変身することもできなくて、立ち寄った港で電話をかけることもできなかったとのことだ。

「しょうがないから、アイザックの船に乗ったままハンバー川まで戻って、手紙の受け渡しの時にセルゲイの船に移って、ヘプンへ来て要塞に入って、そしてセルゲイのポケットからベルゲルミルの部屋に移ったの。あそこにいれば大抵のことは誰かが知らせに来ると思ってね。案の定、セルゲイがあなたたちが来たことやグングニルのことを報告にきて、今に至るわけ」

「大変な旅だったね。見つかって殺されなくてよかった」

「一万年前の旅に比べたらどうってことないわよ。船に乗ってただけだもの。それに今回は、あんたが生きてるし」

蜂蜜酒に酔ったのか、イースは頬を染めて幸せそうに微笑《ほほえ》み、亮の胸に寄りかかった。口では亮をトールではないと言っているが、本心では、彼女は亮がトールだと認めているのだろう。違うといい続けるのは主人と家臣ではなく、もっと親しい間柄でありたいと願っているからではないだろうか、か占ってたわよ」


とフレイは思っている。当の亮は、そんなイースの女心にはまったく気づいていないようだが。

「そうそう。ベルゲルミルは千里眼の持ち主でね。何かの術を使って、グングニルが今どこにあるのか占ってたわよ」

「知らせてもらえて助かった。対巨人情報部がベルゲルミルの発射台接近に気づいてから私に連絡を寄越《よこ》したのでは、間に合わなかった」

実際のところ、先ほどフレイが通信圏内にいる二班の隊員を介して、対巨人情報部に確認させると、情報部はまだベルゲルミルとセルゲイを発見していなかったのだ。二人は、まだヴァトナヨークトル氷河の氷上には現れていないらしい。スノーモービルを使って最短距離を行けば先回りできる。

ベルゲルミルにグングニルを投げさせるわけにはいかない。

要塞の東の出入り口を出ると、すでに情報部の連絡員が、二台のビスコップ社製の軍用スノーモービルを用意して待っていた。

『発射台の位置は確認済みです。地図を送ります』

イヤホンから対巨人情報部チーフの声が聞こえ、ゴーグル越しに見える景色に地図が重なり、カーナビのごとく経路が示される。発射台はここから直線距離で五十キロほどのヴァトナヨークトル氷河の南西の高台に設置されているようだ。ヘプンからはおよそ六十キロ、海にも近く、大西洋中央海嶺も十分に狙える。

「ハインリッヒとは電話がつながったか?」

発射台でサクラの電話を待っている小びとについて尋ねる。

『先ほど、ようやくつながりました。しかしひどく怯《おび》えていて、一人ではとても下山できないと言っております』

無理もない。ベルゲルミルに見つかれば命はないのだ。

係員が亮にスノーモービルの運転方法を説明し終えると、二人はそれぞれスノーモービルに跳び乗った。時刻は午前三時。降り積もった雪の上を、時速百キロを越える速度で、深い闇の奥へスノーモービルを走らせる。かねてから空は厚い雲に覆われ、風も吹いていたが、そこに雪が交じり始めた。風と雪はますます強くなっていく。

『あたしの腕、まだ幻術が使えそうもないの。死なないでよ』

フレイのイヤホンに、亮の無線機を通じてイースの声が入る。吹雪《ふぶき》がトールとヨルムンガンドとの戦いを思い起こさせたのだろう。

『わかってる』

まったく楽観できないことは亮も承知しているはずだ。ハンマーを全力で投げれば、その衝撃波で氷河が崩れる恐れがある。かといって手加減すれば、巨人はすぐに生き返る。

それにこの吹雪だ。雪と氷の斜面では、いっそう足下が危うくなる。そして一番の問題は、亮のハンマーもフレイの剣も、持ち主の手を離れても敵を倒せるが、どちらも視覚に依存していることだった。

見えなければ狙えない。

「これも計算の上で、ベルゲルミルはアイスランドに要塞を設けたのだろうか」

吹雪はひどくなる一方で、視界に映るのはゴーグルに投影された地図以外、何も見えなかった。

❋❋❋

「ドクター、アリ様のご容態は？」

ジョン・スミスは、ヴァルの手元をのぞきこんだ。ロキと呼ぶべきだろうが、ジョン・スミスにとって、六メートル近い巨人の姿をしていても、やはりアリなのである。彼が目覚める気配はない。

ヴァルは、アリの胸に開いた穴に手を入れたまま、何かの呪文を唱え続けていた。

額には汗が浮き、目の下には隈《くま》ができている。ジョン・スミスには仕組みはわからないが、彼は何かの術を使って、動かないアリの心臓の代わりに、血液を循環させているのだろう。そしてその術はヴァルの体力をかなり消耗させるらしい。

「これだけの時間、術を施しても回復しないのでは……」

ヴァルのその返答は、ジョン・スミスに少なからぬ衝撃を与えた。二十名のジョン・スミスにとって、アリはフレイの弟のような存在だ。身の回りの世話をし、時には遊び相手になったり勉強を見てやったりもした。巨人だと知った時は驚いたが、命を投げ出した理由が、フレイや亮が来ることを信じ、仲間を救うためだったとわかった今は、ただ不憫《ふびん》でならない。

「何か方法はないのですか？」

「神代、人間がこういった状況に陥った場合は、臓器移植を行っていたのですが、ここには人手も器具も設備もありませんし、拒絶反応が起きた場合の対処もわかりません」

「わたくしにできることならば、何でも手伝います。ここにはドナーになり得る巨人の死体もいくつかあります。この大きさであれば、メスの代わりにナイフが使えるのでは？　鉗子《かんし》が必要ならば、わたくしがつまんでおります。やるだけでもやってください。お願いします。何もしなければアリ様は死んでしまわれるのでしょう？」

ジョン・スミスがそう言うと、一緒に見守っていた他のジョン・スミスや戦闘部隊員もうなずいた。

「仰《おっしゃ》る通りです。お申し出はとてもありがたいと思います。でも再生途中の巨人の傷口に触れるのは危険なんです。人間に有害な物質が生成され、それは皮膚からも吸収されますし、その上、著しく体力を消耗するんです。触れている者の皮膚から、細胞を修復する際のエネルギーを奪うらしくて……」

「というと？」

「アリを生かすためには、文字通り、僕たちの命を削らなければなりません」

そう言ってこちらを向いたヴァルの顔は、ひどく青ざめ、唇は土気色で、今にも倒れそうなほど憔《しょう》悴《すい》しきっていた。

❊❊❊

『若君、発射台の北東約六キロの地点に生体反応があります。雲が厚く、衛星写真では確認できませんが、ベルゲルミルとセルゲイの可能性があります』

対巨人情報部のチーフから連絡があったのは、スノーモービルで吹雪の中を二十分ほど走った頃のことだった。こちらは発射台まで約八キロだ。

「ベルゲルミルと私たちとの距離は？」

『約五キロになります』

「彼らの位置情報を送ってくれ」

発射台付近は急勾配だ。スノーモービルは使えない。となると、発射台付近でベルゲルミルと鉢合わせする可能性がある。

「亮、先に発射台へ行って、ハインリッヒとグングニルを回収してくれ。私はベルゲルミルとセルゲイを倒す」

『了解』

亮を先に行かせ、フレイはベルゲルミルの位置情報に従って、スノーモービルを東に走らせる。

間もなく、ゴーグルに映っている地図上に、生き物の存在を示す光点が二つ点《とも》った。光の点はしだいに赤とオレンジで人の形を成す。ゴーグルの端にデータが表示された。身長は約五メートル、本性を現した巨人だ。

フレイは剣を鞘《さや》から抜き、その点を目指して右から回り込んだ。

（いたな）

ようやく横殴りの吹雪の中に、二つの人影らしきものが微《かす》かに浮かび上がった。

フレイはスノーモービルを走らせながら、向かって左の人影の首を狙って剣を投げた。剣はフレイの意思に従って一直線に空を切る。

ギン！　と金属がぶつかる音がして、剣がはじかれた。

（盾を持っているのか）

フレイの剣には切れないものはないので、柄《つか》をはじかれたのだろう。失速して落ちかかる剣に向かって、フレイは戻ってくるように念じた。飛んできた剣の柄を握り、フレイはさらにスノーモービルを走らせた。視界が効かない状態で剣を投げれば、たとえ一人を倒しても、もう一人に剣を奪われる可能性がある。剣を手放さずに戦った方が無難だ。

ベルゲルミルとセルゲイの姿が次第に明確になってきた。それぞれ古めかしい甲冑《かっちゅう》を着け、柄の長い戦斧《せんぷ》と丸い金属製の盾を持っている。

視覚や聴覚、臭覚ともに人間の何倍も鋭い巨人は、とっくにフレイの位置を把握していたのだろう。すでに二人とも、盾を掲げ、戦斧を構えて待ち構えていた。

フレイはスノーモービルの速度を上げ、まずはベルゲルミルに向かって突進する。まさか突っ込んでくるとは思っていなかったらしく、ベルゲルミルの目が驚愕《きょうがく》に見開かれた。突き出された盾にスノーモービルをぶつけ、フレイはシートから跳び上がる。スノーモービルに衝突されてもベルゲルミルは倒れなかった。それどころか盾でスノーモービルを止めたまま、戦斧を振りかざす。フレイは、盾の端を蹴ってさらに跳躍し、ベルゲルミルの首を狙って剣を薙《な》いだ。しかし、その寸前にベルゲルミルは身を反らせ、刃をよけると、かざした戦斧をフレイの頭に向かって振り下ろす。フレイは宙で身をひねり、着地の軌道を変える。耳元を斧《おの》の刃が通り過ぎ、髪が二、三本切れた。

「さすがは、もと巨人の王」

これまで戦ってきた巨人にくらべ、ベルゲルミルは、膂力《りょりょく》も瞬発力も格段に上だった。

着地と同時に再び跳躍したのは、セルゲイの戦斧が降ってきたからだ。フレイの足跡の上に、凄《すさ》まじい勢いで斧がめり込み、衝撃波が雪の上に波紋を作った。

セルゲイが斧を抜こうとする隙を突いて、フレイは間合いに飛び込み、彼の足を一文字に薙ぐ。獣のような咆吼《ほうこう》が上がった。大量の血が雪を赤く染める。

その時にはすでに、フレイはベルゲルミルの背後に回り込んでいた。彼の足を払おうとしたその瞬間、目の前を雪煙が覆い、凄まじい圧力が迫ってきた。とっさに両腕でブロックして後方に飛び退《の》く。

ベルゲルミルが振り向きざまに戦斧で雪を叩いたとわかったのは、ブロックした腕に衝撃を感じてからだった。直撃は免《まぬが》れたものの、フレイは十数メートルも吹っ飛ばされた。

「お前に関わっている暇《ひま》はない」

吹雪の音に交じって、そう言うベルゲルミルの声が聞こえた。

「待て！」

フレイは急いで駆け戻ったが、そこには雪に染みこんだ血の痕《あと》と横倒しになったスノーモービルが残っているばかりで、ベルゲルミルも、足を一本失ったはずのセルゲイの姿もなかった。足跡と血痕《けっこん》は風にさらわれ、ゴーグルにも生物の存在を示す光点がない。

（ベルゲルミルならば、ここで私と決着をつけると思ったが――）

セルゲイの負傷で不利を悟り、先にグングニルを手に入れることにしたのだろうか。

『今の悲鳴は何？　フレイ、大丈夫？』

亮から無線が入った。

「セルゲイの足を切断した。私は無事だが、二人に逃げられた」

『申し訳ありません。雪渓《せっけい》にでも身を潜めているのか、二人を見失ってしまいました』

情報部から報告が入る。この天候では、監視衛星からの追跡は難しい。

『——と、お待ちください。若君、亮様、ハインリッヒが場所を移動しています。発射台から北東方向に歩いて向かっている様子です』

一人で待っていることに耐えられなくなったのだろう。

「わかった。ベルゲルミルとセルゲイを発見したら連絡をくれ」

フレイは、スノーモービルのエンジンをかけ直し、再び吹雪の中を走り始めた。


「なるほど。だからいないわけ」

一方の亮は、無線を聞きながらつぶやいた。発射台が設置されているという場所に着いてみれば、角材とスプリングを組み合わせて作った発射装置らしきものと、テント及び寝袋や携帯食料が残されているばかりで、グングニルもハインリッヒの姿もない。

「フレイ、ハインリッヒはグングニルを持って行ったらしい」

無線でフレイに連絡し、亮は、辺りを見回しながら岩をよじ登る。情報部から送られてきたハインリッヒの位置情報によると、ここから二百メートルほど北東に行った所にいるはずだが、まだ視認できない。

「方角的には、俺が置いてきたスノーモービルの近くにいるはずなんだけど」

「急がないと、巨人は歩くのも走るのも速いわよ。疲れ知らずだし、歩幅が広いし。セルゲイは片足だけど、痛みを感じないから、出血多量で死ぬまで走るわよ」

イースが胸ポケットから顔を出した。

「知ってるよ」

向こうも必死だ。最後の砦《とりで》は制圧されたも同然だし、これでグングニルがこちらの手にわたってしまったら、ベルゲルミルにはもう逆転のチャンスはない。

頬を叩く雪と風の中、亮は凍りついた岩を乗り越えたり跳び移ったりしながら、ハインリッヒの姿を捜す。ひときわ大きな岩を越えると、スノーモービルを置いてきた雪原に出る。海まで続く氷河の一部である。

「位置情報では、この辺りなんだけど」

見回しているうちに、『ベルゲルミルとセルゲイを発見しました！』と、情報部チーフの声が耳に飛び込んできた。

『ハインリッヒに迫っています！　若君の進行方向約五百メートル、亮様からは南南西約百メートルのところです！』

「南南西⁉」

亮は雪を蹴って駆け出した。視界が効《き》けばハンマーで捕捉できる距離だが、見えなければ狙えない。

やがてゴーグルに三つの光点が点る。ベルゲルミルとセルゲイ、そしてハインリッヒだ。

近づくにつれ光の点は次第に大きくなり、赤とオレンジの人影に変わっていく。逃げる小柄な男を、斧と盾らしき物を持った二人の巨人が追っていた。グングニルが彼らの手に渡った場合のことを考えると、先に倒さなければならないのはベルゲルミルだが、まだ肉眼では見えず、どちらがベルゲルミルでどちらがセルゲイかわからない。一方の巨人の手が、小柄な男――ハインリッヒに迫る。

「くそ!」

亮は、一撃で二人を倒そうと、ゴーグルに映る赤い人影二人を狙ってハンマーを投げた。

ハンマーは先頭の巨人を吹っ飛ばしたが、二人目の巨人は、ハンマーを盾で受け流した。盾は割れたが、ハンマーの軌道も変わる。氷河を砕くわけにはいかないので、亮が手加減したせいもあるが、二人目の巨人は恐ろしく技量が高い。その巨人が戦斧と盾を放り捨てて、ハインリッヒに手を伸ばす。

風の音に乗って、悲鳴が聞こえた。

「冗談――」

亮の背筋に悪寒《おかん》が走る。ようやく肉眼で見える位置に辿《たど》り着いた。

倒れていたのはセルゲイの方だった。ベルゲルミルが片手でハインリッヒの襟首をつかみ、もう片方の手で細い棒をむしり取る。棒はベルゲルミルの手に移った瞬間に、巨大な槍《やり》に変化した。

亮の手にハンマーが戻ってきたのは、ベルゲルミルがハインリッヒを放り捨てて走り始めてからだった。

グングニルを肩に担《かつ》ぐようにして、ベルゲルミルは氷河の緩い坂を下って南の方へ走る。彼は雪の舞う夜空を見つめていた。目標はアイスランドの南、大西洋中央海嶺なのだ。

『亮！　やつを止めろ！』

イヤホンからフレイの声が耳に飛び込む前に、亮はベルゲルミルを追って駆け出していた。走りながら、ベルゲルミルの背中を狙ってハンマーを投げる。

ベルゲルミルが、体を反《そ》らし、グングニルを握った右腕を大きく後ろへ引いた。その背中に、ハンマーが回転しながら弧《こ》を描《えが》くようにして迫る。

「うおおおおお」

巨人の雄叫びが吹雪の音を裂いた。

グングニルがベルゲルミルの手から離れたその瞬間に、ハンマーが彼の背中を打った。ベルゲルミルは数メートルも吹っ飛んで突っ伏したが、神代最強の武器は、彗星《すいせい》のごとく青白い光を発しながら、海に向かって飛んでいく。間に合わなかったのだ。

「冗談じゃねえ！！」

亮の喉から声がほとばしった。

ゴーグルをかなぐり捨てて、グングニルに目を据え、戻ってきたハンマーを両手で握り直す。腰を落とし、軸足に体重を掛けて回転し、遠心力をハンマーに乗せる。回転しながらも、目の端にはオーディンの槍をとらえていた。見失うわけにはいかない。絶対に届かせなければならない。

こんな戦争は終わらせなければいけない。

亮の脳裏に、任務失敗の咎で処刑された日本の警官川本や、人間として生きることを願い、アリを助けて死んだコリンの顔が思い浮かぶ。

他にもいる。巨人を目撃したために皆殺しにされた隕石調査隊、川本《かわもと》に利用されて殺された佐藤《さとう》、レーヴァテインを売ろうとして頸《くび》を折られたマルコ、まったくの濡《ぬ》れ衣《ぎぬ》をかぶせられて口を封じられたハンセン。

そして、ロキ――。

人間の中で生きることに賛同した巨人を救うために、彼はわざと亮に殺されようとした。そして人間を守るために、他の巨人を殺そうとした。この戦争がそこまで彼を追い詰めた。

「俺が終わらせてやる――!!」

すべての力を振り絞り、怒りも悲しみも、ありったけの思いをぶつけて、亮はハンマーを手放した。

青白い尾を引いて彼方の空へ去って行くグングニルを、回転しながら赤銅色に輝くハンマーが追う。

(届け)

荒い息をつきながら、亮は祈った。ハンマーは狙ったものは外さない。けれど、トールだった時も、ここまで遠く離れたものに向かって投げたことはない。しかも標的はオーディンの槍だ。届いたとしても力負けする可能性はある。けれど、かすりさえすれば、グングニルの威力は弱まるはずだ。

イースが胸ポケットの中で、ゴクリと喉を鳴らした。

背骨を折られて突っ伏していたベルゲルミルも顔を上げ、仰向《あおむ》けに倒れていた片足のセルゲイも、雪に半ば埋もれたハインリッヒも、みなグングニルとハンマーの行方を見守った。

フレイは、夜空に青白い尾を引くグングニルを見て息を呑む。それを止めるために亮がハンマーを投げたようだ。

フレイはスノーモービルから飛び降り、剣を抜くと眼前に掲げて呪文を唱える。

ハンマーがグングニルを止められれば、大西洋中央海嶺の火山噴火は避けられる。けれど、神代最強と言われた二つの武器が、現代最強の能力者二人によって投げられ、大気圏内でぶつかったら、衝突のエネルギーそのものは双方の武器が吸収するにしろ、どれだけの熱や衝撃波が発生するのか見当もつかない。そのエネルギーを、剣に吸収させるつもりだった。

「出《い》でよ、九つの光よ」

フレイは剣を頭上に掲げた。

予測不能な現象を、どれだけ防げるのかわからない。だが、この剣は、破滅の杖《つえ》の厄災を防ぐために作られた。破壊するためではなく、守るための武器だ。今はその力を信じるしかない。

「第一の光は太陽にありて力を与え、第二の光は月にありてやすらぎを与え――」

剣がフレイの手から離れ、フレイの意思に従ってグングニルとハンマーを追っていく。

「第三の光は星にありて迷いを導き――」

飛翔の速度が上がるにつれ、剣は太陽にも似た強い光を放ち始める。

(行け。厄災を止めるのだ)

フレイは念じながら、呪文を唱え続ける。

神代、命を引き替えにする覚悟で、巨人に立ち向かったが、助けられたのはほんの一握りの人間だった。世界はフレイの目の前で滅んでいった。後悔と深い絶望。

今は亮がいる。守るべき人間がいる。世界はまだここに存在している。

「第九の光は、人の心にありて、希望をもたらす」

フレイは、両手を掲げて剣に向け、体内を巡るすべての力をかき集めて、その手に乗せて放出し、最後の呪文を詠唱した。


吹雪の空を、青白い光が長い尾を引いて北から南へと移動していた。赤銅色の光がそれに迫り、少し距離を置いて、強く白い光が凄まじい速度で二つの光を追っていた。

青白い光に赤銅色の光が触れたその瞬間――。

目を開けていられないほど、まぶしい光が夜空を白く灼《や》いた。

亮もフレイも、とっさに腕で目をかばう。

その光は、まるで吸い込まれるように一点に向かって収束していった。白い光だけが、ちぎれた雲を照らす。雲は同心円の波紋を描きながら薄く広がっていく。雪と風が一瞬止んだ。

地上にその波動が伝わってきたのは、しばらく後のことだった。

ドーン！　と落雷に似た音がして、風が吹きつけた。雪が舞い上がり、地面が小刻みに揺れた。

グングニルとハンマーとの衝突で生じた衝撃波のうち、フレイの剣が吸収しきれなかった分が地上に届いたらしい。

「おっと――」

亮はバランスを崩した。地面の揺れは大して強くなかったが、存在自体が不安定な氷河には、それなりに影響したらしい。

まるで雪崩《なだれ》のように、部分的に足下の氷雪が滑り始める。

「ひゃああ」

半ば雪に埋もれたままのハインリッヒが、悲鳴をあげてもがく。

「つかまれ」

フレイが小びとのハインリッヒに手を伸ばし、彼の手をつかむと、安定した岩場の方へ移動する。

亮もそちらへ行きかけて、ふと、滑り落ちていく二人の巨人に気がついた。

ベルゲルミルは砕けた背骨が回復していないのか、ぐったりとして南へと移動する氷雪の地面に身をゆだねていた。その彼を助けようと、片足のセルゲイが血をまき散らしながら、必死で追いかけている。

(どうする?)

亮は一瞬迷った。彼らは、巨人の組織の中枢を担《にな》っていた。ラグナロクを再現し、人間の世界を滅ぼそうと企んだ張本人だ。大勢の人間を殺したばかりか、仲間さえも容赦なく処刑した。

セルゲイが、ベルゲルミルの手をつかんだ。

けれど、片足を失ったセルゲイは踏ん張れず、岩場まで歩いてこられない。氷河の流れは、次第に勢いを増していく。このまま放っておけば、二人とも海まで運ばれて溺《おぼ》れ死ぬ。

(でも――)

亮は駆け出した。動く氷雪の地面を蹴って、滑り落ちていくベルゲルミルとセルゲイを追いかける。胸ポケットの中で「何考えてるの、亮！」と、怒鳴るイースの声がした。

辛うじてセルゲイに追いついた。

ぐっと手を伸ばし、彼の鎧《よろい》の襟をつかむ。しかし、巨人の姿のままの彼はひどく重く、まして彼はベルゲルミルの手をつかんでいるため、うまく踏ん張れない。

「うわっ」

氷河の勢いが突然増した。氷の下は崖なのかもしれない。亮はセルゲイの鎧を握ったまま、つかまるものはないかと左右を見回した。

「亮！」

フレイの声に見上げると、ロープが束になって落ちてくる。亮は咄嗟《とっさ》にそのロープをつかんだ。

ガクンと衝撃があり、落下が止まる。見れば、足下は六十度以上はありそうな急坂で、それが海まで続いていた。氷河は流れ続け、おびただしい量の雪と氷が海に落ち込み、凄まじい勢いで、白いしぶきを上げていた。

頭上を仰ぐと、スノーモービルが岩場にひっかかっていて、ロープはその車体から伸びていた。スノーモービルに積んであった牽引《けんいん》用のロープをフレイが投げてくれたらしい。彼はスノーモービルのエンジンをかけ、ウインチでロープを巻き上げていく。

「トール！　手を放せ！　貴様などに情けをかけられたくはない！」

セルゲイが喚《わめ》いた。彼は、襟首をつかんでいる亮の手を離そうともがく。その震動で、ロープを握る手がずるっと滑った。

「嫌だ！　放さない！」

亮は歯を食《く》いしばって、両方の手をいっそう強く握る。

「なぜだ、トール。なぜ我らを助けようとする」

そう尋ねたのはベルゲルミルだった。

「ラグナロクを本当の意味で終わらせるためだ！　あんたたち巨人は、自分たちの世界がほしかった。俺たちも自分たちの世界を守りたかった。ここであんたたちが死んでも、何も解決しない」

巨人と人間、それぞれの価値観、それぞれの正義、どちらが悪くてどちらが正しいかなんて、亮にはわからない。そのわからないことを、命を奪い合うことで解決すれば、きっとまた繰り返される。

「なんてね――偉そうに言ったけど、単に俺には、あんたたちを見捨てられないだけ」

亮は苦笑した。手がしびれて痛い。ロープを握る手の平がむけて、血が滲《にじ》んできた。

ベルゲルミルが微笑む気配がした。

「聞け、トール、フレイ、セルゲイ」

彼は言った。

「余には、遠くの物を見透かす力がある。微かではあるが、未来も見える」

千里眼であることはイースから聞いていた。だから、トールのハンマーが青木《あおき》ヶ《が》原《はら》樹海の地下に眠り、隕石が落ちればその場所が明らかになることがわかったのだろう。

「トールとフレイがこの時代のラグナロクを防ぐことも、薄々見えていた。しかし、この世の支配は、一万年の間、先祖代々から受け継がれてきた巨人族の悲願だ。余が諦めるわけにはいかなかった」

それを聞いて、セルゲイが愕然《がくぜん》として、ベルゲルミルを見下ろす。

「セルゲイよ。お前は生きよ。そして余の言葉を伝えよ。巨人の未来は、新しき王ロキに託す。彼に従って、この時代に相応《ふさわ》しい生き方をせよ、と――」

「何を仰《おお》せられる」

セルゲイが目を剝《む》いた。亮もフレイも瞠目《どうもく》する。

「一万年にわたる巨人族の願いと、人間への憎しみや恨みは、余が背負って海に沈める」

ベルゲルミルは、「しかと申しつけたぞ」そう言って、セルゲイから手を放した。

「ベルゲルミル王！」

セルゲイの絶叫がこだました。

しかし、ベルゲルミルの巨体は、もんどり打ちながら、なだれ落ちる氷雪に半ば飲み込まれ、次第に小さくなっていく。やがて、白いしぶきに紛れ、見えなくなった。

「何と……新しき王ロキ……未来が見えて……」

セルゲイが声を震わせる。

「ベルゲルミルは死ぬつもりだったのだ」

ロープを巻き上げながらフレイが言った。

「ひと度グングニルを投げれば、たとえ海底火山を噴火させることができたとしても、槍が手を離れている間に、私か亮かのどちらかに殺されると、ベルゲルミルは考えたはずだ。だから、先に私たちを倒すべきだったのに、彼は私と決着をつけずに逃げ、亮と戦いもせずにグングニルを投げた。亮に打たれた背骨も完治していたはずだ。だが、流れ落ちる氷河から逃れようともしなかった」

「王は……ロキに敗れた時、グングニルをロキに渡せと仰った。あまりにあっさりと……王座を明け渡す覚悟がおありだったものを、私が諦めきれず……」

セルゲイはそう言って唇を噛《か》む。

「勝てないと知っていて、でも、戦わなけりゃならなくて……」

本当は、ベルゲルミルも、戦争を終わらせたかったのだろう。

亮のハンマーとフレイの剣が戻ってきたのは、亮とセルゲイが岩場に上がってから間もなくのことだった。けれど、ベルゲルミルが投げたグングニルは戻ってこなかった。おそらく粉々に砕けて散ってしまったのだろう。グングニルの威力は、使う者の力量に因《よ》る。ベルゲルミルよりも亮の力の方が勝っていたのだ。

グングニルが戻ってこないことを知り、セルゲイは完全に諦めたようだった。

この結末も、ベルゲルミルには見えていたのかもしれない。

「ベルゲルミルに、新しき王ロキが見えていたんなら、彼は助かるよね」

謁見室に向かって走りながら、亮がすがるような表情でフレイに同意を求める。

フレイと亮は、それぞれのスノーモービルにセルゲイとハインリッヒを乗せ、要塞へ戻った。その途中で、情報部を介して五十名の巨人とサクラが無事にヘプンへ避難したことや、陽動部隊の戦況を知った。

要塞に残っていた巨人たちは、謁見室が人間に制圧されたこと、ロキが人間に蘇生術を施されていること、ベルゲルミルとセルゲイが不在であることを知り、かなり混乱したらしい。今はセルゲイがその混乱を鎮めに行っている。

幸い、陽動部隊は数名の負傷者があったものの、命にかかわるほど重傷を負った者はいなかった。

しかし、ロキが回復したという知らせはまだ届かない。そこで、セルゲイには戦闘部隊の隊長を付き添わせ、フレイと亮は、ロキとヴァルがいる謁見室に行くことにしたのである。

「ドクターはエリーの生まれ変わりだ。きっと——」

フレイはそこで言葉を止める。不確かなことは言えない。フレイは口先だけの慰めは嫌いだった。希望を持たせ、それが叶わなかった時の落胆が大きすぎる。

謁見室の扉を開け、フレイと亮はそこで足を止め、息を呑んだ。

ロキは、巨人の姿のまま、胸にはまだ穴が開いていた。彼に群がるようにして、その穴に手を入れていたのは、ヴァルではなく、ネットランチャーで生け捕りにしたはずの巨人たちだった。

ヴァルは青ざめて、壁に背を預けて目を閉じていた。ガードとして残しておいた戦闘員やジョン・スミスたちもそれぞれの姿勢で倒れている。

「いったい何を——」

亮がハンマーを構えて駆け出した。巨人たちが振り返る。

「……待ってください、亮」

ヴァルが弱い声を上げた。

「ドクター、生きて――」

亮がヴァルに駆け寄り、助け起こす。

「どういうことだ？」

巨人に殺気がないことを訝《いぶか》り、フレイはヴァルに尋ねた。

「亡くなった巨人の一人から心臓を取り出して移植したのですが……回復には膨大なエネルギーが必要で、僕たちみんな消耗してしまって……そうしたら彼らが、手を貸すと……」

「そうなの⁉」

亮が目を瞬く。

「ロキは我らの王だ」

一人の巨人が言った。コマンダー候補として以前にリストアップした銀行家だ。

「私は、ロキが人間との共存を言い出した時には反対した。ビスコップの狗《いぬ》だと思ったからだ。だが、ロキは最後まで我らの王だった。グングニルでこの要塞を破壊するつもりだったとも聞いたが、我ら巨人は、生き恥をさらすよりは死を選ぶ。実に巨人らしい」

「このまま死なせてやるのも情けだが、人間に我らが王を救ってもらうわけにはいかん」

別の巨人が、そう言って苦笑する。

ロキは、共存に反対していた巨人たちの心も動かしたようだ。効率はよくないし、決してほめられたやり方ではないが。

「おお――、傷がふさがり始めた」

巨人たちがロキの胸の穴から手を出す。

「本当？」

亮が、巨人たちの間に割り込んで、ロキのそばへ行った。

傷の縁《ふち》から新しい組織が次々と生まれ、見る間に穴が小さくなっていく。頬に赤みが差し、手足の色にも血色が戻ってきた。

ロキの目が薄く開いた。

「アリ」

フレイは駆け寄り、彼の傍らに膝をついた。

「……フレイ？」

彼はこちらを見て、急速に体を縮め、少年の姿に変身した。

「そうだ。私だ」

彼の、灰色と茶色の左右色違いの目が潤んでくるのを見て、フレイは思わず彼の頭を抱き寄せた。

＊＊＊

要塞の外へ出ると、いつの間にか風が止み、雲もすっかり晴れて星が瞬いていた。

「あら、ヴァルキュリアの鎧が煌《きら》めいているわ」

迎えの車の方へ向かって歩き出すと、突然、イースが亮の胸ポケットから飛び出し、北の空を仰いで、オーロラの出現を知らせた。

見れば、氷雪の丘の上に、緑色の光の帯が微かに揺らいでいる。

「ヴァルキュリアの鎧の煌めきか」

神代、ミズガルズの人間たちが、極光現象をそう呼んでいたと、フレイは懐かしく思う。

「でも、僕たちの鎧が光っていたわけではないですよ」

前世はヴァルキュリアだったヴァルは、そう言って笑った。オーロラはローマ神話に登場する暁《あかつき》の女神の名前に由来するという。

「こっちに来ればもっとよく見えるわよ」

イースが丘の上から手招くので、フレイたちは丘を登ることにする。時刻は午前八時。オーロラの弱い光は、空が暗い時間帯でなければ見えないが、日の出までには、まだ間がある。

「俺、トールだった時、あの光はグルヴェイグが魔法を使ってるんだと思っていた」

丘を登りながら、亮が言った。グルヴェイグとは神代においても伝説的な魔女で、魔術だけに限定すれば、その力はオーディンに匹敵するといわれていた。

「……私に、転生の呪術をかけたのは、グルヴェイグだった」

唐突にアリが神代の言葉でつぶやき、フレイも亮もヴァルもイースも、同時に彼を振り向いた。

「運命の女神たちが未来のラグナロクを予言し、オーディンがフレイやトールに転生の呪術をかけたことを知って、グルヴェイグが私も生まれ変わるように術をかけた」

日本語や英語では、たどたどしくなってしまうため、神代の言語で喋《しゃべ》ることにしたのかもしれない。

「この世での両親を私は知らない。育ててくれたタダオは、私のことを曽孫だと言っていたけど、タダオは普通の人間だった。私を託されたのか、拾ったのか……。どちらにしても、彼は私が巨人だとは気づいていなかったと思う」

丘の上に上がると、北の空から緑の帯が流れ出て、カーテンのようにひだを作りながらゆっくりと揺れているのがよく見えた。

「サクラは、私が幼い時から度々タダオを訪れていた。今思えば、セルゲイに命じられ、私の様子を見にきていたのかもしれない。タダオが死んで、遺言通りに日本に行こうとしたら、サクラに連れていってやると、声をかけられた」

それを聞いて、フレイはノルウェーの基地にいたルカという若い巨人の身の上話を思い出す。親を失った巨人の子どもは、巨人の組織が引き取り、洗脳して戦闘員に育てていたらしい。

「その頃の私は、自分が何者かわかっていなかった。でも、このままサクラと一緒に行くのはよくないと、何となく感じていた。だから、サクラのもとを飛び出した。それが今年の四月の末のこと」

何かに導かれるようにして富士川河口へ行き、フレイと亮とヴァルを見て、ほとんど衝動的に、蜂蜜酒の入ったヴァルのバッグをひったくった。

「きっとそれもグルヴェイグの呪術に含まれていたのだろうね」

運命から逃れることはできなかった――と、アリは弱い笑みを浮かべた。

巨人としての意識が強まると右目が銀色に光り、人間としての意識が強まると左目が金色に光った。そのバランスを、アリは自分ではコントロールできなかったという。

「自分は人間だと思っていたのに、トールのグローブやベルトを見つけたり、レーヴァテインに貫かれたり、事件の度にロキの記憶がはっきりしていって――」

「レーヴァテインに貫かれた⁉」

亮が声を上げた。

「そう、コリンに連れられてノルウェーの基地から脱出しようとした時、前のコマンダーのピートに」

アリを助けようとしたコリンが、ピートに処刑されたことは、フレイも聞いていた。

「では、あの時の血溜まりは――」

フレイは、アリを探して基地を捜索した時に、大小二つの血だまりとアリの手形を発見したことを思い出す。その後に出会ったアリが無傷だったことに安心はしたが、アリがロキだとは考えなかった。

その時にはまだ、レーヴァテインがロキの血で蘇《よみがえ》るとは知らなかったからだ。

巨人たちは、フレイが刀身の文字を読むことでレーヴァテインが蘇ると思い込み、フレイは神代の記憶が戻っていなかった。

「ピートは、アリを刺した時、ロキだって気づかなかったのか?」

亮が尋ねる。

「わからない。どちらにしても、ピートは私が死んだと思ったらしい」

ピートはレーヴァテインでも巨人を殺せるか試したいと言って、最初にコリンを刺し、次にアリを刺した。いったんはアリも意識を失い、目覚めた時にはコリンとともに基地のホールに転がされていたという。

「ピートはコリンとアリを刺してから、レーヴァテインはフレイの呪文ではなく、血で起動することに気づいたのでしょうね。その時にはロキとは結びつけなかったのかもしれません」

ロキが転生しているとは、巨人も思っていなかっただろうと、ヴァルは言う。

「そうか。ロキがアリとして転生していることにピートが気づいたのは、死んだはずのアリが、生きているのを見た時——」

死の間際、ピートは何かを見て笑った。おそらくアリを見たのだ。そこでレーヴァテインがロキの血を混ぜて鍛えられたという伝承と結びつけたのだろう。

「それから間もなく、サクラからセルゲイが会いたがっていると電話がきた。セルゲイは、フレイが調べたコマンダー候補に入っていたから、きっと巨人だと思った。隠していてごめんなさい」

アリはそう言って日本風に頭を下げ、フレイは「いいや」と頭を振る。

「このままフレイやジョン・スミスたちと一緒に暮らしたかったけれど、ノルウェーの基地から巨人が脱走して、地震が起きて、このままでは戦争になってしまうと——」

「サクラから、おおよその話は聞いた。無茶をしたな」

フレイがそう言うと、アリは小さなため息をついた。

「巨人と人間と、私がどちらに味方するかでラグナロクの勝敗は決まる——。神代、ラグナロクで私は巨人に味方した。そして神々は滅んだ。でも新しく生まれた大地に登場したのは、結局人間だった。

私がどちらに味方しても、たとえ世界が滅んでも、その後に地上に満ちるのは人間だ」

「そうだな……」

人口が二千を割った巨人が、種をつないでいくのは難しい。ベルゲルミルにはその未来が見えていたはずだが、巨人たちには知らせなかったのだろう。

「私が最初から人間に味方していたら、巨人族が滅んでしまうと思った。コリンのような優しい巨人も、ミーミルのような賢い巨人も、みんな……」

アリが最も恐れたのは、種としての絶滅だったという。

「それに、私が人間に味方したら、予言を信じている巨人たちが、自暴自棄になって、街へ繰り出して大暴れするかもしれない。そうしたら、巨人と人間の全面戦争になる。巨人も人間も、大勢が死ぬ。だから、私は巨人に味方する必要があった」

要塞へ来て、ベルゲルミルに和解を提案したけれど聞き入れられず、フレイと彼とのビデオ通話では、ベルゲルミルは人間の施《ほどこ》しは受けないと明言した。だからベルゲルミルに戦いを挑んで、巨人の王になった。そして共存の道はないかとあらためて呼びかけた。

しかし、多くの巨人は、地上の覇権を諦めなかった。人間のふりをして生きるぐらいなら、巨人として、人間と戦って死にたいという者もいた。

「私は、せめて人間と共存したいと考えている巨人だけでも助けたかった」

サクラも言っていたが、アリは約五十人の賛同者を地下牢に監禁という名目で保護した。グングニルの目標を要塞にセットして、フレイと亮が来たら、その五十人をつれて脱出するよう伝言し、他の巨人を自分の手で滅ぼす計画を立てたのだ。

「それにしたって、わざと殺されようとするなんて――。アリが降伏したら、五十人の命が危なかったってのは、あとでサクラから聞いたけど」

亮は、苦い顔をしていた。ハンマーでロキの心臓を潰した時の思いが蘇ってきたのだろう。

「私に事前に打ち明けられなかったのは、予言のせいか？」

妄信という言葉がフレイの脳裏をかすめる。予言にとらわれず、巨人の内部事情を知らせてもらえれば、アリを死に追い込まずに、五十人を救う手立てを考えた。

「それもあるけれど、これ以上、フレイや亮に巨人を殺させたくなかった。グングニルを要塞に向けて撃つようにハインリッヒとサクラに頼んだのはそれが理由」

アリは光の帯が乱舞する空を見上げる。

フレイも亮も、言葉が見つからなかった。巨人を殲滅《せんめつ》すべきだと言い張っていたイースも、赤紫色の眼を見張ってアリを見つめる。

人間との共存を望まなかった約一九五〇人の巨人。

あの状況では、事前に知っていたとしても、その命を奪わなければ人間を守れないと、フレイも亮も決断したに違いない。

「それに、私は巨人だ」

アリは、フレイを見つめ、淡い笑みを浮かべた。

「遠い昔、私は神になりたいと思っていた。でもいくら望んでも、神にはなれなかった。オーディンと義兄弟になったのは、巨人族と人間との和平のためだったのに、オーディンは巨人に援助しようとせず、戦争の準備を始めた。その時、巨人を滅ぼすわけにはいかないと思った。やはり私は巨人以外の何者でもなかったのだ。トールたちと敵になるのは辛《つら》かったけど」

と、彼は亮に目を移す。

「この世でも同じ。私は人間になりたかった。ごく普通の、学校へ行って友達と遊んで、時にはばかげたことをやって叱られる普通の子どもに――。人間に育てられたせいかもしれない。フレイに引き取られてからはなおさらのこと。でも、私は巨人だ」

アリは、再び空を仰いだ。

「魔女グルヴェイグは巨人に勝機を与えようとして私に転生の呪術をかけたのだろう。けれど、私は、戦の勝利ではなく、巨人の運命を変えたいと思った。巨人の一員として」

緑と白の光の帯が、北の空から生まれ、はためきながらゆっくりと西へ移っていく様を見つめ、アリはつぶやいた。

「魔女グルヴェイグは、フレイの妹、フレイヤと同一人物であるという説があるのですよ」

ヴァルが言った。

「その類《たぐ》いの研究書も読んだことはあるが、フレイヤはそのようなこと、一言も言っていなかった」

フレイは、遙《はる》かな過去の記憶をたぐる。妹が魔術に長《た》けていたのは確かだ。ヴァン神族に伝わっていた魔術をオーディンに教えたとは聞いていたが――。

「神話のグルヴェイグは、神々を惑《まど》わし人心の荒廃を招いた悪女ということになっていますが、もしかすると、彼女は、遠い未来のラグナロクを止めたいと考えていたのかもしれませんね」

「今となっては確かめようもないが――」

フレイは頭上を仰ぐ。

神代、極光をヴァルキュリアの鎧の煌めきだと考えていた人間たちは、あの光を見て、死んだ戦士たちの魂がオーディンの宮殿ヴァルハラへ運ばれ、もてなされるのだと信じた。実際には、そんな幻想的な話ではないが、今は、戦死者の魂が楽園へ導かれると信じた人間たちの気持ちがわかる。

「この手にかけた者たちが、来世ではどうか平安を得られるように――」

フレイは祈った。

❁❁❁

「あらためてご挨拶申し上げます。ハインリッヒ・クレマーと申します」

ヘプン空港を飛び立ったフレイのプライベートジェットの中で、一時、人類の命運を握っていた小びとは胸に手を当てて、芝居がかったお辞儀をした。

彼はドイツ在住の家具職人とのことで、ヘプン空港からは国際便が出ていないため、ロンドンへ戻る一行に便乗したのである。

「うちは先祖代々、家具屋をやりながら巨人の雑用係みたいなことをやっておりまして、荷物や手紙を運んだり、言われるままに神代の遺物を発掘に行ったりしておりました」

千里眼の持ち主ベルゲルミルは、グングニルがドイツとデンマークの国境あたりの東海岸に埋まっていることをかなり以前から知っていて、ハインリッヒはその発掘を命じられ、十年かけてようやく十二月の半ばに発見した。セルゲイに言われてヘプンへ運び、そのまま要塞にとどまっていたという。ノルウェーの基地から巨人たちが脱走したのは、グングニルの発見によりベルゲルミルが最終決戦に挑む決意を固めたからとのことだった。

「もちろん私は戦争なんかに荷担したくはなかったのですが、逆らってどうなるものでもなく……。サクラとは、以前から懇意にはしておりましたが――」

と、ハインリッヒは隣の座席のサクラに目をやる。

「前にも言ったように、おれはアリから話を聞くまで何も知らなくて、ハインリッヒを同じ麻薬カルテルの一員だと思ってたんです。まさか小びと族だとは」

サクラが苦笑して肩をすくめる。

「人間のサクラさんがアリの味方になってくれたのはわかるけど、ハインリッヒさん、グングニルで要塞を撃つとか、よくそんな危ない計画に協力してくれたよね」

そう言ったのは亮だった。ベルゲルミルは千里眼だけでなく、微かながら未来予知の能力も持つ。万一計画を知られたら命はない。実際、ベルゲルミルはハインリッヒの居場所に気づき、彼は殺されかけた。

「ミーミルに頼まれたからですよ。彼には親の代からずいぶんと世話になっておりました」

ハインリッヒはしみじみとした様子で答えた。ミーミルとは、人間との共存を望む約五十人の巨人たちのまとめ役をしていた老巨人だ。

――この者たちは、戦って死ぬ道を自ら選んだのでございますよ。ラグナロクの勝敗の鍵はロキ王が握るという予言も、ロキ王が和解を望んでおられたことも知った上で、この者たちは戦を止めなかったのですから。

彼のその言葉に、フレイはずいぶんと救われた気がする。

「若君、今朝のことがニュースになっておりますよ」というジョン・スミスの声で、フレイは座席に備えつけられたモニターの電源を入れた。

『――この正体不明の三つの光は、アイスランド南部に端を発し、南へ移動して、北大西洋上空で接触し、爆発したものと思われます。その模様はグリーンランド南部、カナダ東部、ノルウェー西部でも観測され、国防省及び宇宙局で調査を進めておりますが――』

アナウンサーの声とともに、視聴者投稿と思われるグングニルの青白い光とそれを追うハンマーの赤銅色の輝き、さらにその後を追いかけるフレイの剣の白く大きな光の映像が流される。

報道によると、隕石落下、航空機事故、人工衛星の墜落、弾道ミサイルを迎撃したの、宇宙人の来襲だのと、様々な憶測が飛び交い、軽いパニックが起こっているらしい。

『なお、その後にアイスランド南部を衝撃波が襲い、当局によると、氷河が崩れ落ちたため一部国道一号線が不通になっているものの民家への被害はないとのことです』

航空機は付近を航行しておらず、何隻かの漁船が波にあおられて、網が敗れたり、乗組員が怪我をしたりしたが、いずれも軽傷とのことだった。

軍事衛星のセンサーが、移動する光とその後の爆発の様子をとらえていたのだが、爆発時に発生したエネルギーがなぜか空中で消失するという怪現象が観測され、研究者が首をひねっているという。

「フレイのおかげだ。よかった。俺、グングニルを止めることしか考えてなくて――」

亮はほっとした様子だった。

「グングニルを止めていなかったら、今頃は津波に火山噴火、大地震でアイスランドもブリテン島も沈んでいたかもしれない」

その場合はマスメディアも壊滅するので被害の大きさを知ることは不可能だが――と、フレイは笑った。

「終わったのね」

繰り返し流される三つの光の映像を、飽かず眺めながらイースがつぶやく。

「うん、終わった」

「終わりましたね」

亮とヴァルが同時に答えた。

好戦的な巨人たちは要塞に封じ、セルゲイが説得中だ。トールのハンマーは亮の手に、フレイの剣とレーヴァテインはフレイの手に、グングニルは塵《ちり》になって消えた。要塞に集められていた武器はすべて回収してある。巨人が人間を脅かすことはもうない。

「終わったのだ」

フレイもそう声に出し、隣に座るアリの肩を抱き、顔を見合わせて微笑みを交わした。

終章

「武神先輩《たけがみ》」

　部活が終わり、校門を出たばかりの時だった。学校では普段、「赤髪」で通っている亮《とおる》は、その可《か》愛《わい》らしい声で呼んでいるのが自分だとは思わず、スルーしようとした。

「あ、あの、先輩、武神亮先輩」

　再び声がかかり、「俺？」と、振り向く。

　見れば、隣のＳ高校の制服を着た女子が二人並んで立っていた。一人は丸顔ショートカットの子で、もう一人はセミロングの細面の子だ。そっちの子は頬を真《ま》っ赤《か》にして、もじもじとうつむいている。

「ほら、ミユキ、がんばって」

　ショートカットの子が、セミロングの背中を押す。

「あ、あの。わたし、Ｓ高の一年、藤原《ふじわら》ミユキと言います。じ、実は十二月の高校駅伝で、武神先輩の活躍を見て……」

　頬を染めたまま恥ずかしそうに、それでも一生懸命に言葉を継ぐ彼女を見ていたら、亮の頬まで熱くなってきた。

（この展開はもしや……）

「武神先輩――」

彼女が顔を上げたその時、突然、

「きゃああ」

何か小さなものが、猛烈な勢いでミユキの頬を叩き、彼女は悲鳴を上げながら、手で顔をかばった。

その小さくて素早いものは、付き添いのショートカットの子も襲う。

「な、何なのこれ！　虫⁉　いやあああ」

女子二人は、虫に追われて逃げて行き、亮は呆然としてその姿を見送った。

「あのさ、イース、何の権利があって、俺の青春を灰色に塗りつぶすわけ？　ってか、ぶったりしたらかわいそうだよ」

戻ってきた虫——イースに亮は言った。

「あんたが鼻の下を伸ばすからよ」

亮の眼前でホバリングするイースは、目をつり上げて肩で息をしていた。

「伸ばしてなんかないよ」

「いいえ、伸ばしてた。あんたもうすぐ高三よ。勉強がんばらなくちゃならないのに」

ぷんぷんしながらイースは亮の胸ポケットに飛び込んだ。亮の口元に思わず笑みが浮かぶ。

「何が可笑《おか》しいのよ」

「いや、平和だなーって」

亮は校門前の道を駅に向かって歩き始める。

つい一ヶ月前は、巨人と共存したいという亮に、イースは殲滅《せんめつ》すべきだと怒っていたのだ。鼻の下の長さで喧嘩《けんか》できるなんて、なんだか幸せな気分になってくる。

これから歳を重ねていく亮と、永遠に近い寿命を持つ妖精と、今後はどうなるのかわからない。けれど、今は遠い将来のことは考えないことにした。一緒にいられるだけいればいいと、お互いの間には暗黙の了解がある。

「平和じゃないわよ。これから受験戦争が始まるのよ」

「わかってるよ。勉強はちゃんとする。けどさ、俺、妻も子もいたトールの記憶もあるんだよ。そんな子ども扱いしなくたって」

「あんたはトール様じゃないっ！　トール様はこんなヒョロヒョロじゃなかったし、女子高生に鼻の下を伸ばしたりしなかったわよ！」

「いや当時は女子高生という存在が――」

「へりくつ言わないの！」

「はいはい」

❋❋❋

『フレイ、折り入って頼みがあるのだが』

兄のリチャードから、香港《ホンコン》のアジア・パシフィック・ビスコップの本部に電話があったのは、二月の末のことだった。

「私にできることであれば」

『お前が新しく設立したアリ&ミーミル&セルゲイ・カンパニーから、五百人ほど人を寄越《よこ》してもらいたい』

「どうしてそれを――」

と言いかけて、フレイは苦笑した。兄は何もかも見通しているのだ。

フレイは、ノルウェーの基地とヘプンの要塞を巨人用の住居に改装し、二千弱の巨人たちをそこへ住まわせた。もちろん、以前から人間社会の中で暮らし、帰る家がある者は帰らせた。

フェンリルの飼育施設も併設し、巨人に面倒をみてもらっている。

一方で、新しく人材派遣会社を立ち上げ、巨人の王アリと、人間との共存を望んでいた者たちのリーダー、ミーミルと、ベルゲルミルの忠臣であったセルゲイを代表に据えた。

アリはほとんど名前だけの役員で、今はまた学校へ通い始めている。

人間の何十倍もの膂力《りょりょく》を持ち、持久力に優れ、不死身性を備えている巨人は貴重な労働力だ。

今のところ、フレイが管理下に置いている会社へ現場作業員や警備員として派遣している。

最近では、保育や介護現場での需要もあり、そういった仕事を希望する巨人もいるので、裏技を使って資格を取らせている。

人間の滅亡を願っていた巨人の多くは、幼い頃から巨人の組織の中で育ち、人間への憎しみを植えつけられた者たちで、セルゲイの説明やミーミルの説得をなかなか受け入れられなかった。しかし、五メートルの本性の姿でも快適に過ごせる家と、十分な食糧が彼らの価値観を少しずつ変えていった。

ミーミルによると、自然災害で被災した地域の復興ボランティア活動に無理矢理つきあわせたところ、人間から非常に感謝され、それまで人間を敵視するばかりだった若い巨人が、少しずつ心を開くようになったとのことだ。

そういった巨人関連の活動を、フレイは公にはしていなかったのだが、リチャードは知っていたらしい。

「五百人とは、新規に事業を立ち上げるのですか？」

『ヨーロッパ・ビスコップが、サハラ砂漠の緑地化計画を進めているのを知っているだろう？　この度、そこへ実験都市を建てようと考えている。年齢性別経歴は問わん。建設だけでなく、その後の施設の維持管理や、実際にそこに住んで、農作業等に携《たずさ》われる人材がほしい。厳しい環境でも耐えられる人材が』

「そういうことなら喜んで」

砂漠の熱と乾燥など、巨人にはまったく障害にはならない。食糧さえ絶《た》えなければ、彼らは地上のどこにでも住める。彼らが新しい街を作り、そこに住む。実験がうまく行けば街を広げることができるかもしれない。巨人の国ができる。

『詳しい企画書及び要項を送る。ひと月以内に、五百人の名簿を作成して寄越してくれ。頼んだぞ』

通話を切ろうとする兄を、「リチャード」と、思わず呼び止めた。

『何だ？』

「ありがとうございます」

フレイが心の底から礼を言うのがよほど珍しかったのか、彼は電話の向こうで、フンと鼻を鳴らした。

❇❇❇

ヴァルは、暗く湿った洞窟を、背をかがめて一人進む。

ユトランド半島、デンマークとドイツの国境付近の地下である。少し長めの休暇を取り、ヴァルは、小びとのハインリッヒがグングニルを発見したという現場を再調査することにした。

ハインリッヒは、グングニルを発見すると発掘を止めてしまったとのことなので、グングニルがあったのなら、他にも神代の遺物が残されているかもしれないと考えたからだ。

ヴァルの生涯の目標は、神代の、ヴァルがエリーとして生きていた時代の検証である。

巨人は実在し、あの時代の記憶を共有する妖精も、神々の生まれ変わりもいる。

それでも、証拠を集めたくなるのは学者の性《さが》なのだろう。

ハインリッヒにもらった地図を見ながら、新しく穴を掘り進め、すでに十日が過ぎていた。

懐かしい気配は、ハインリッヒが掘ったこの洞窟に入った時から感じていた。その気配を辿《たど》りながら、ノミで付近の岩を削っていく。

（これか――）

ヘッドライトが、灰色の岩の間に、黄金色に輝く何かを照らした。ノミとブラシを交互に使って、慎重に掘り出す。表面に刻まれた文様に見覚えがある。

それを掘り出し、ヴァルは丁寧にブラシをかけると、手の上に載《の》せてあらためて見入った。

「ドラウプニル……」

オーディンの黄金の腕輪。

トールのハンマーと一緒に、小びと族のブロックルとシンドリが作り、オーディンに捧げられた。

（オーディンはここで死んだのか……）

他にも遺物が埋まっているかもしれないが、ヴァルは取りあえず外界へ出ることにした。

波の音が、春の足音に聞こえる。

穏やかに打ち寄せる白い波頭に、日差しが照りかえり、ヴァルは闇に慣れた目を細める。

振り返ってみたが、地平の彼方まで見透かせる平坦な草地と点在する民家が続くばかりで、神代の記憶と重ねようもない。当時は最終氷期の終わりで、現在とは海岸線の形が異なる。

けれど、おそらくここが、巨人と神々との最後の決戦の地だったのだろう。

巨人は東の海から攻めてきた。軍船を率いるのはロキだった。

ヴァルは手の上の腕輪――ドラウプニルに目を落とす。

神話では、九夜ごとに八つ、同じ腕輪を生み出すと言われているが、いくらオーディンが魔術に長《た》けていてもそこまではできない。ドラウプニルは、ミズガルズで豊富に産出された黄金の象徴だ。

緑豊かなミズガルズ、栄光を極めた神々の都アースガルズ。それにくらべて巨人の国ヨトゥンヘイムは環境が厳しかった。

――豊かさを奪い合うのではなく、与え合って幸福を得られるように。

オーディンは、自分たちばかりが富み、巨人との溝を埋められなかったことを悔いていた。

(遺産は受け取りました)

ヴァルは、腕輪に向かって心の中で語りかけた。

オーディンが遺《のこ》したもの、それは転生したトール、フレイ、ハンマーや剣、そして彼の言葉だ。

(亮は巨人がこの世で平安に暮らすことを望み、フレイがその場所を与えようと奮闘中です)

オーディンの願いは果たされるだろう。語部《かたりべ》としての自分の役目は終わった。

「さて――」

この腕輪をフレイのラボに渡して分析してもらうか、それとも先に論文を書こうか、少し迷った。

(幸せな迷いです)

取りあえず、ホテルに帰ってシャワーを浴びようと、ヴァルは砂浜を歩き始めた。

あとがき

こんにちは。村田《むらた》栞《しおり》です。無事に完結巻をお届けすることができて、とても嬉しいです。

私と北欧神話の出会いは、多分、小学生の頃。きっかけはワーグナーの『ワルキューレの騎行』だったと思います。格好よすぎるテーマに感動し「ワルキューレって何?」と、夢中で神話を読んだ憶《おぼ》えが……。その時に北欧神話に対するイメージが固まってしまって、現代に生まれ変わったトールたちを書くのは、ものすごく勇気が要《い》りました。背中を押してくださった担当様、及び、私の中にあるイメージのギャップを埋めてくださった鈴木《すずき》康士《やすし》先生には、本当に感謝しております。本巻の刊行に先立って、小説ウィングスにおいて、神代のトールが主人公の短編を書かせていただいたのですが、その扉の絵は、私が幼い頃に抱いた北欧神話のイメージそのもの。あらためて感動いたしました。本巻の装画を含め、この物語を書くことができてよかったと、今も絵を眺めながらニマニマしております。

さて、完結の舞台は、オーロラと氷河の国、アイスランド。散文エッダの著作者スノッリ・ストゥルルソン生誕の地です。スノッリが描いた世界には遠く及びませんが、現代に生まれ変わったトールやフレイの活躍を少しでも楽しんでいただけたら、これに勝る喜びはありません。

最後になりましたが、読者の皆様、温かいお言葉をかけてくださった方々、この本に関わってくださったすべての皆様に、心からお礼申し上げます。

それでは、余寒なお去りがたき折、くれぐれもご自愛ください。ご愛読ありがとうございました。

村田　栞

この本を読んでのご意見、ご感想などをお寄せください。
村田 栞先生・鈴木 康士先生へのはげましのおたよりもお待ちしております。
〒113-0024　東京都文京区西片2-19-18　新書館
【編集部へのご意見・ご感想】小説ウィングス編集部
【先生方へのおたより】小説ウィングス編集部気付　○○先生

【初出一覧】
ラグナロク　オーディンの遺産Ⅲ：書き下ろし

ラグナロク　オーディンの遺産Ⅲ

初版発行：2017年3月10日

著者　村田 栞 ©Shiori MURATA
発行所　株式会社新書館
［編集］〒113-0024　東京都文京区西片2-19-18
電話（03）3811-2631
［営業］〒174-0043　東京都板橋区坂下1-22-14
電話（03）5970-3840
［URL］http://www.shinshokan.co.jp/
印刷・製本　加藤文明社

ISBN978-4-403-22110-1